生死場

蕭紅 著

商務印書館

生死場

作　　　者：蕭　紅

責任編輯：譚　玉

出　　　版：商務印書館 (香港) 有限公司

　　　　　　香港筲箕灣耀興道 3 號東滙廣場 8 樓

　　　　　　http://www.commercialpress.com.hk

發　　　行：香港聯合書刊物流有限公司

　　　　　　香港新界大埔汀麗路 36 號中華商務印刷大廈 3 字樓

印　　　刷：中華商務彩色印刷有限公司

　　　　　　香港新界大埔汀麗路 36 號中華商務印刷大廈

版　　　次：2015 年 3 月第 1 版第 2 次印刷

　　　　　　©2011 商務印書館 (香港) 有限公司

　　　　　　ISBN 978 962 07 4467 9

　　　　　　Printed in Hong Kong

目　錄

小專題一

生於東北，逝於香港的蕭紅

　　蕭紅是一個傳奇的女作家，魯迅曾盛讚她："是我們女作家中最有希望的一位"。她生前即與張愛玲、石評梅、呂碧城一起被譽為民國四大才女；在她誕生八十五週年時，聯合國教科文組織評價她是："世界上最優秀的當代女作家之一"。這樣一個才情橫溢的女性，命運卻極為坎坷悲苦。

　　1911 年，蕭紅在東北呼蘭縣城的一個舊式大家庭出生，在祖父的教育和熏陶下，她從小就打下了堅實的文學基礎。祖父去世後，年方二十的蕭紅因反抗包辦婚姻而離家出走。她在最困頓的時候與蕭軍相識，從此走上文學創作的道路，二蕭聯袂執筆闖天下。1934 年，蕭紅完成中篇小説《生死場》，並在魯迅的幫助下以"奴隸叢書"的名義在上海出版，在文壇上引起巨大的轟動和強烈的反響，蕭紅也因此一舉成名。

　　抗日戰爭爆發後，蕭紅、蕭軍投入抗日救亡運動，後應李公僕之邀到民族大學任教。在此期間，蕭紅與蕭軍分手，之後與端木蕻良結婚。1940 年，蕭紅隨端木蕻良離開重慶，飛抵香港，在港期間她寫了長篇小説《呼蘭河傳》。1942 年 1 月，蕭紅肺結核病情加重入院，後又因庸醫誤診而錯動喉管手術，終於 1 月 22 日與世長辭，在戰火紛飛中結束了她貧苦多病、顛沛流離的短暫人生。

　　蕭紅的文學創作可分為前後兩期，以 1938 年為界，前期作品

多以抗戰為主題，以《生死場》為代表，寫東北鄉村人民在沉滯閉塞生活中的掙扎，以及日軍侵佔東北後他們的苦難與鬥爭。後期作品則多以紀念和回憶為主題，以《呼蘭河傳》為代表，在童年生活的回憶中描寫北方小城人民愚昧不幸的生活，刻畫出沉默的國民的靈魂。

蕭紅的作品以人性的再現為審美取向，將改造"人類的愚昧"和"國民的靈魂"作為文學的終極理想，她筆下既有生活的悲苦也有真實的人性，鄉土、人性、風俗，具有宗教般的謎一樣的藝術魅力。她的作品多取材於家鄉，以樸實細膩的筆調，寫出當時東北鄉村小鎮的閉塞與荒涼，人物塑造鮮活，風格明麗淒婉，瀰漫着憂鬱和感傷氣息，是詩化小說的精品。

正如著名文學批評家夏志清所言："我相信蕭紅的書，將成為此後世世代代都有人閱讀的經典之作。"

第一章 麥場

一隻山羊在大道邊嚙嚼樹的根端。

城外一條長長的大道,被榆樹蔭蒙蔽着。走在大道中,像是走進一個動盪遮天的大傘。

山羊嚙嚼榆樹皮,黏沫從山羊的鬍子流延着。被刮起的這些黏沫,彷彿是胰子的泡沫,又像粗重浮游着的絲條;黏沫掛滿羊腿。榆樹顯然是生了瘡癬,榆樹帶着偌大的疤痕。山羊卻睡在蔭中,白囊一樣的肚皮起起落落。

菜田裏一個小孩慢慢地踱走。在草帽蓋伏下,像是一棵大形菌類。捕蝴蝶嗎?捉蚱蟲嗎?小孩在正午的太陽下。

很短時間以內,踕步的農夫也出現在菜田裏。一片白菜的顏色有些相近山羊的顏色。

毗連着菜田的南端生着青穗的高粱的林。小孩鑽入高粱之群裏,許多穗子被撞着,從頭頂墜下來。有時也打在臉

上。葉子們交結着響，有時刺痛着皮膚。那是綠色的甜味的世界，顯然涼爽一些。時間不久，小孩子爭着又走出最末的那棵植物。立刻太陽燒着他的頭髮，機靈的他把帽子扣起來，高空的藍天遮覆住菜田上閃耀的陽光，沒有一塊行雲。一株柳條的短枝，小孩夾在腋下，走路他的兩腿膝蓋遠遠的分開，兩隻腳尖向裏勾着，勾得腿在抱着個盆樣。跌腳的農夫早已看清是自己的孩子了，他遠遠地完全用喉音在問着：

"羅圈腿，唉呀！不能找到？"

這個孩子的名字十分象徵着他。他說："沒有。"

菜田的邊道，小小的地盤，繡着野菜。經過這條短道，前面就是二里半的房窩，他家門前種着一株楊樹，楊樹翻擺着自己的葉子。每日二里半走在楊樹下，總是聽一聽楊樹的葉子怎樣響；看一看楊樹的葉子怎樣擺動？楊樹每天這樣……他也每天停腳。今天是他第一次破例，甚麼他都忘記，只見跌腳跌得更深了！每一步像在踏下一個坑去。

土屋周圍，樹條編做成牆，楊樹一半蔭影灑落到院中；麻面婆在蔭影中洗濯衣裳。正午田圃間只留着寂靜，惟有蝴蝶們為着花，遠近的翩飛，不怕太陽燒熄牠們的翅膀。一切都回藏起來，一隻狗出尋着有蔭的地方睡了！蟲子們也回藏不鳴！

汗水在麻面婆的臉上，如珠如豆，漸漸浸着每個麻痕而下流。麻面婆不是一隻蝴蝶，她生不出磷膀來，只有印就的麻痕。

兩隻蝴蝶飛戲着閃過麻面婆，她用濕的手把飛着的蝴蝶打下來，一個落到盆中溺死了！她的身子向前繼續伏動，汗流到嘴了，她舐嚐一點鹽的味，汗流到眼睛的時候，那是非常辣，她急切用濕手揩拭一下，但仍不停的洗濯。她的眼睛好像哭過一樣，揉擦出髒污可笑的圈子，若遠看一點，那正合乎戲台上的丑角；眼睛大得那樣可怕，比起牛的眼睛來更大，而且臉上也有不定的花紋。

土房的窗子，門，望去那和洞一樣。麻面婆踏進門，她去找另一件要洗的衣服，可是在炕上，她抓到日影，但是不能拿起，她知道她的眼睛是暈花了！好像在光明中忽然走進滅了燈的夜。她休息下來，感到非常涼爽。過一會在蓆子下面抽出一條自己的褲子。她用褲子抹着頭上的汗，一面走回樹蔭放着盆的地方，她把褲子也浸進泥漿去。

褲子在盆中大概還沒有洗完，可是搭到籬牆上了！也許已經洗完？麻面婆的事是一件跟緊一件，有必要時，她放下一件又去做別的。

鄰屋的煙筒，濃煙衝出，被風吹散着，佈滿全院，煙迷着她的眼睛了！她知道家人要回來吃飯，慌張着心弦，她用泥漿浸過的手去牆角拿茅草，她貼了滿手的茅草，就那樣，她燒飯，她的手從來沒用清水洗過。她家的煙筒也冒着煙了。過了一會，她又出來取柴，茅草在手中，一半拖在地面，另一半在圍裙下，她是擁着走。頭髮飄了滿臉，那樣，麻面婆是一隻母熊了！母熊帶着草類進洞。

濃煙遮住太陽，院一霎幽暗，在空中煙和雲似的。

籬牆上的衣裳在滴水滴，蒸着污濁的氣。全個村莊在火中窒息。午間的太陽權威着一切了！"他媽的，給人家偷着走了吧？"

二里半跌腳利害的時候，都是把屁股向後面斜着，跌出一定的角度來。他去拍一拍山羊睡覺的草棚，可是羊在哪裏？

"他媽的，誰偷了羊……混帳種子！"麻面婆聽着丈夫罵，她走出來凹着眼睛：

"飯晚啦嗎？看你不回來，我就洗些個衣裳。"

讓麻面婆說話，就像讓豬說話一樣，也許她喉嚨組織法和豬相同，她總是發着豬聲。

"唉呀！羊丟啦！我罵你那個傻老婆幹甚麼？"

聽說羊丟，她去揚翻柴堆，她記得有一次羊是鑽過柴堆。但，那在冬天，羊為着取暖。她沒有想一想，六月天氣，只有和她一樣傻的羊才要鑽柴堆取暖。她翻着，她沒有想。全頭髮灑着一些細草，她丈夫想止住她，問她甚麼理由，她始終不說。她為着要作出一點奇蹟，為着從這奇蹟，今後要人看重她。表明她不傻，表明她的智慧是在必要的時節出現，於是像狗在柴堆上要得疲乏了！手在扒着髮間的草稈，她坐下來。她意外的感到自己的聰明不夠用，她意外的對自己失望。

過了一會鄰人們在太陽底下四面出發，四面尋羊；麻面婆的飯鍋冒着氣，但，她也跟在後面。

二里半走出家門不遠，遇見羅圈腿，孩子說：

"爸爸，我餓！"

二里半說："回家去吃飯吧！"

可是二里半轉身時老婆和一捆稻草似的跟在後面。

"你這老婆，來幹甚麼？領他回家去吃飯！"

他説着不停的向前跌走。

黃色的，近黃色的麥地只留下短短的根苗。遠看來麥地使人悲傷。在麥地盡端，井邊甚麼人在汲水。二里半一隻手遮在眉上，東西眺望，他忽然決定到那井的地方，在井沿看下去，甚麼也沒有，用井上汲水的桶子向水底深深的探試，甚麼也沒有。最後，絞上水桶，他伏身到井邊喝水，水在喉中有聲，像是馬在喝。

老王婆在門前草場上休息：

"麥子打得怎樣啦？我的羊丟了！"

二里半青色的面孔為了丟羊更青色了！

咩……咩……羊？不是羊叫，尋羊的人叫。

林蔭一排磚車經過，車夫們嘩鬧着。山羊的午睡醒轉過來，牠迷茫着用犄角在周身剔毛。為着樹葉綠色的反映，山羊變成淺黃。賣瓜的人在道旁自己吃瓜。那一排磚車揚起浪般的灰塵，從林蔭走上進城的大道。山羊寂寞着，山羊完成了牠的午睡，完成了牠的樹皮餐，而回家去了。山羊沒有歸家，牠經過每棵高樹，也聽遍了每張葉子的唧鳴，山羊也要進城嗎！牠奔向進城的大道。

咩……咩……羊叫？不是羊叫，尋羊的人叫，二里半比別人叫出更大聲，那不像是羊叫，像是一條牛了！

最後，二里半和地鄰動打，那樣，他的帽子，像斷了線的風箏，飄搖着下降，從他頭上飄搖到遠處。

"你踏碎了俺的白菜！你⋯⋯你⋯⋯"

那個紅臉長人，像是魔王一樣，二里半被打得眼睛暈花起來，他去抽拔身邊的一棵小樹；小樹無由的被害了，那家的女人出來，送出一支攪醬缸的耙子，耙子滴着醬。

他看見耙子來了，拔着一棵小樹跑回家去，草帽是那般孤獨的丟在井邊，草帽他不知戴了多少年頭。

二里半罵着妻子："混蛋，誰吃你的焦飯！"

他的面孔和馬臉一樣長。麻面婆驚惶着，帶着愚蠢的舉動，她知道山羊一定沒能尋到。

過了一會，她到飯盆那裏哭了！"我的⋯⋯羊，我一天一天餵餵⋯⋯大的，我撫摸着長起來的！"

麻面婆的性情不會抱怨。她一遇到不快時，或是丈夫罵了她，或是鄰人與她拌嘴，就連小孩子們擾煩她時，她都是像一攤蠟消融下來。她的性情不好反抗，不好爭鬥。她的心像永遠貯藏着悲哀似的，她的心永遠像一塊衰弱的白棉。她哭抽着，任意走到外面把曬乾的衣裳搭進來，但她絕對沒有心思注意到羊。

可是會旅行的山羊在草棚不斷的搔癢，弄得板房的門扇快要掉落下來，門扇摔擺的響着。

下午了，二里半仍在炕上坐着。

"媽的，羊丟了就丟了吧！留着牠不是好兆相。"

但是妻子不曉得養羊會有甚麼不好的兆相，她說：

"哼！那麼白白地丟了？我一會去找，我想一定在高粱地裏。"

“你還去找？你別找啦！丟就丟了吧！”

“我能找到牠呢！”

“唉呀，找羊會出別的事哩！”

他腦中迴旋着挨打的時候：——草帽像斷了線的風箏飄搖着下落，醬耙子滴着醬。快抓住小樹，快抓住小樹。……二里半心中翻着這不好的兆相。

他的妻子不知道這事。她朝高粱地去了。蝴蝶和別的蟲子熱鬧着，田地上有人工作。她不和田上的婦女們搭話，經過留着根的麥地時，她像微點的爬蟲在那裏。陽光比正午鈍了些，蟲鳴漸多了；漸飛漸多了！

老王婆工作剩餘的時間，盡是述說她無窮的命運。她的牙齒為着述說常常切得發響，那樣她表示她的憤恨和潛怒。在星光下，她的臉紋綠了些，眼睛發青，她的眼睛是大的圓形。有時她講到興奮的話句，她發着嘎而沒有曲折的直聲。鄰居的孩子們會說她是一頭“貓頭鷹”，她常常為着小孩子們說她“貓頭鷹”而憤激；她想自己怎麼會成那樣的怪物呢？像啐着一件甚麼東西似的，她開始吐痰。

孩子們的媽媽打了他們，孩子跑到一邊去哭了！這時王婆她該終止她的講說，她從窗洞爬進屋去過夜。但有時她並不注意孩子們哭，她不聽見似地，她仍說着那一年麥子好；她多買了條牛，牛又生了小牛，小牛後來又怎樣？……她的講話總是有起有落；關於一條牛，她能有無量的言詞：牛是甚麼顏色？

每天要吃多少水草？甚至要說到牛睡覺是怎樣的姿勢。

但是今夜院中一個討厭的孩子也沒有，王婆領着兩個鄰婦，坐在一條餵豬的槽子上，她們的故事便流水一般地在夜空裏延展開。

天空一些雲忙走，月亮陷進雲圍時，雲和煙樣，和煤山樣，快要燃燒似地。再過一會，月亮埋進雲山，四面聽不見蛙鳴；只是螢蟲閃閃着。

屋裏，像是洞裏，響起鼾聲來，佈遍了的聲波旋走了滿院。天邊小的閃光不住的在閃合。王婆的故事對比着天空的雲：

"……一個孩子三歲了，我把她摔死了，要小孩子我會成了個廢物。……那天早晨……我想一想！……早晨，我把她坐在草堆上，我去餵牛；草堆是在房後。等我想起孩子來，我跑去抱她，我看見草堆上沒有孩子；看見草堆下有鐵犁的時候，我知道，這是凶兆，偏偏孩子跌在鐵犁一起，我以為她還活着呀！等我抱起來的時候……啊呀！"

一條閃光裂開來，看得清王婆是一個興奮的幽靈。全麥田，高粱地菜圃，都在閃光下出現。婦人們被惶惑着，像是有甚麼冷的東西，撲向她們的臉去。閃光一過，王婆的聲音又繼續下去：

"……啊呀！……我把她丟到草堆上，血盡是向草堆上流呀！她的小手顫顫着，血在冒着汽從鼻子流出，從嘴也流出，好像喉管被切斷了。我聽一聽她的肚子還有響；那和一條小狗給車輪壓死一樣。我也親眼看過小狗被車輪軋死，我甚麼都看過。這莊上的誰家養小孩，一遇到孩子不能養下來，我就去拿着鈎子，也許用那個掘菜的刀子，把那孩子從娘的肚子裏硬攪出來。孩子死，不算一回事，你們以為我會暴跳着哭吧？我會嚎叫吧？起先我心也覺得發顫，可是我一看見麥田在我眼前時，我一點都不後悔，我一滴眼淚都沒淌下。以後麥子收成很好，麥子是我割倒的，在場上一粒一粒我把麥子拾起來，就是那年我整個秋天沒有停腳，沒講閒話，像連口氣也沒得喘似的，冬天就來了！到冬天我和鄰人比着麥粒，我的麥粒是那樣大呀！到冬天我的背曲得有些利害，在手裏拿着大的麥粒。可是，鄰人的孩子卻長起來了！……到那時候，我好像忽然才想起我的小鍾。"

王婆推一推鄰婦，盪一盪頭：

"我的孩子小名叫小鍾呀！……我接連着煞苦了幾夜沒能睡，甚麼麥粒？從那時起，我連麥粒也不怎樣看重了！就是如今，我也不把甚麼看重。那時我才二十幾歲。"

閃光相連起來，能言的幽靈默默坐在閃光中。鄰婦互相望着，感到有些寒冷。

狗在麥場張狂着咬過去，多雲的夜甚麼也不能告訴人們。忽然一道閃光，看見的黃狗捲着尾巴向二里半叫去，閃光一過，黃狗又回到麥堆，草莖折動出細微的聲音。

"三哥不在家裏？"

"他睡着哩！"王婆又回到她的默默中，她的答話像是從一個空瓶子或是從甚麼空的東西發出。豬槽上她一個人化石一般地留着。

"三哥！你又和三嫂鬧嘴嗎？你常常和她鬧嘴，那會壞了平安的日子的。"

二里半，能寬容妻子，以他的感覺去衡量別人。

趙三點起煙火來，他紅色的臉笑了笑："我沒和誰鬧嘴哩！"

二里半他從腰間解下煙帶，從容着說：

"我的羊丟了！你不知道吧？牠又走了回來。要替我說出買主去，這條羊留着不是甚麼好兆相。"

趙三用粗嘎的聲音大笑，大手和紅色臉在閃光中伸現出來：

"哈……哈，倒不錯，聽說你的帽子飛到井邊團團轉呢！"

忽然二里半又看見身邊長着一棵小樹，快抓住小樹，快抓住小樹。他幻想終了，他知道被打的消息是傳佈出來，他捻一捻煙灰，解辯着說：

"那家子不通人情，哪有丟了羊不許找的勾當？她硬說踏了她的白菜，你看，我不能和她動打。"

搖一搖頭，受着辱一般的冷沒下去，他吸煙管，切心地感到羊不是好兆相，羊會傷着自己的臉面。

來了一道閃光，大手的高大的趙三，從炕沿站起，用手掌擦着眼睛。他忽然響叫：

"怕是要落雨吧！——壞啦！麥子還沒打完，在場上堆着！"

趙三感到養牛和種地不足，必須到城裏去發展。他每日進城，他漸漸不注意麥子，他夢想着另一椿有望的事業。

"那老婆，怎不去看麥子？麥一定要給水沖走呢？"

趙三習慣的總以為她會坐在院心，閃光更來了！雷響，風聲。一切翻動着黑夜的村莊。

"我在這裏呀！到草棚拿蓆子來，把麥子蓋起吧！"

喊聲在有閃光的麥場響出，聲音像碰着甚麼似的，好像在水上響出，王婆又震動着喉嚨："快些，沒有用的，睡覺睡昏啦！你是摸不到門啦！"

趙三為着未來的大雨所恐嚇，沒有與她拌嘴。

高粱地像要倒折，地端的榆樹吹嘯起來，有點像金屬的聲音，為着閃的原故，全莊忽然裸現，忽然又沉埋下去。全莊像是海上浮着的泡沫。鄰家和距離遠一點的鄰家有孩子的哭聲，大人在嚷吵，甚麼醬缸沒有蓋啦！驅趕着雞雛啦！種麥田的人家嚷着麥子還沒有打完啦！農家好比雞籠，向着雞籠投下火去，雞們會翻騰着。

黃狗在草堆開始做窩，用腿扒草，用嘴扯草。王婆一邊顫動，一邊手裏拿着耙子。

"該死的，麥子今天就應該打完，你進城就不見回來，麥子算是可惜啦！"

二里半在電光中走近家門。有雨點打下來，在植物的葉子上稀疏的響着。雨點打在他的頭上時，他摸一下頭頂而沒有了草帽。關於草帽，二里半一邊走路一邊怨恨山羊。

早晨了，雨還沒有落下。東邊一道長虹懸起來；感到濕的氣味的雲掠過人頭，東邊高粱頭上，太陽走在雲後，那過於豔明，像紅色的水晶，像紅色的夢。遠看高粱和小樹林一般森嚴着；村家在早晨趁着氣候的涼爽，各自在田間忙。

趙三門前，麥場上小孩子牽着馬，因為是一條年青的馬，牠跳着盪着尾巴跟牠的小主人走上場來。小馬歡喜用嘴撞一撞停在場上的"石磙"，牠的前腿在平滑的地上踩打幾下，接着牠必然像索求甚麼似的叫起不很好聽的聲來。

王婆穿的寬袖的短襖，走上平場。她的頭髮毛亂而且絞捲着。朝晨的紅光照着她，她的頭髮恰像田上成熟的玉米纓穗，紅色並且蔫捲。

馬兒把主人呼喚出來，牠等待給牠裝置"石磙"，"石磙"裝好的時候，小馬搖着尾巴，不斷的搖着尾巴，牠十分馴順和愉快。

王婆摸一摸蓆子潮濕一點，蓆子被拉在一邊了；孩子跑過去，幫助她，麥穗佈滿平場，王婆拿着耙子站到一邊。小孩歡跑着立到場子中央，馬兒開始轉跑。小孩在中心地點也是轉着。好像畫圓周時用的圓規一樣，無論馬兒怎樣跑，孩子總在圓心的位置。因為小馬發瘋着，飄揚着跑，牠和孩子一般地貪玩，弄得麥穗濺出場外。王婆用耙子打着馬，可是走了一會牠遊戲夠了，就和斯耍着的小狗需要休息一樣，休息下來。王婆着了瘋一般地又揮着耙子，馬暴跳起來，牠跑了兩個圈子，把"石磙"帶着離開鋪着麥穗的平場；並且嘴裏咬嚼一些麥穗。繫住馬勒帶的孩子挨着罵：

"呵！你總偷着把牠拉上場，你看這樣的馬能打麥子嗎？死了去吧！別煩我吧！"

小孩子拉馬走出平場的門；到馬槽子那裏，去拉那個老馬。把小馬束好在杆子間。老馬差不多完全脫了毛，小孩子不愛牠，用勒帶打着牠起，可是牠仍和一塊石頭或是一棵生了根的植物那樣不容搬運。老馬是小馬的媽媽，牠停下來，用鼻頭偎着小馬肚皮間破裂的流着血的傷口。小孩子看見他愛的小馬流血，心中慘慘的眼淚要落出來，但是他沒能曉得母子之情，因為他還沒能看見媽媽，他是私生子。脫着光毛的老動物，催逼着離開小馬，鼻頭染着一些血，走上麥場。

村前火車經過河橋，看不見火車，聽見隆隆的聲響。王婆注意着旋上天空的黑煙。前村的人家，驅着白菜車去進城，走過王婆的場子時，從車上拋下幾個柿子來，一面說："你們是不種柿子的，這是賤東西，不值錢的東西，麥子是發財之道呀！"驅着車子的青年結實的漢子過去了；鞭子甩響着。

老馬看着牆外的馬不叫一聲，也不響鼻子。小孩子拿柿子吃，柿子還不十分成熟，半青色的柿子，永遠被人們摘取下來。

馬靜靜地停在那裏，連尾巴也不甩一下。也不去用嘴觸一觸石碾；就連眼睛牠也不遠看一下，同時牠也不怕甚麼工做，工作來的時候，牠就安心去開始；一些繩鎖束上身時，牠就跟住主人的鞭子。主人的鞭子很少落到牠的皮骨，有時牠過分疲憊而不能支持，行走過分緩慢；主人打了牠，用鞭子，或是用別的甚麼，但是牠並不暴跳，因為一切過去的年代規定了牠。

麥穗在場上漸漸不成形了！

"來呀！在這兒拉一會馬呀！平兒！"

"我不願意和老馬在一塊，老馬整天像睡着。"

平兒囊中帶着柿子走到一邊去吃，王婆怨怒着：

"好孩子呀！我管不好你，你還有爹哩！"

平兒沒有理誰，走出場子，向着東邊種着花的地端走去。他看着紅花，吃着柿子走。

灰色的老幽靈暴怒了："我去喚你的爹爹來管教你呀！"

她像一隻灰色的大鳥走出場去。

清早的葉子們！樹的葉子們，花的葉子們，閃着銀珠了！太陽不着邊際地圓輪在高粱棵的上端，左近的家屋在預備早飯了。

老馬自己在滾壓麥穗，勒帶在嘴下拖着，牠不偷食麥粒，牠不走脫了軌，轉過一個圈，再轉過一個，繩子和皮條有次序的向牠光皮的身子摩擦，老動物自己無聲的動在那裏。

種麥的人家，麥草堆得高漲起來了！福發家的草地也漲過牆頭。福發的女人吸起煙管。她是健壯而短小，煙管隨意冒着煙；手中的耙子，不住的耙在平場。

姪兒打着鞭子行經在前面的林蔭，靜靜悄悄地他唱着寂寞的歌；她為歌聲感動了！耙子快要停下來，歌聲仍起在林端：

"昨晨落着毛毛雨，……小姑娘，披蓑衣……小姑娘，……去打魚。"

第二章　菜圃

　　菜圃上寂寞的大紅的西紅柿，紅着了。小姑娘們摘取着柿子，大紅大紅的柿子，盛滿她們的筐籃；也有的在拔青蘿蔔、紅蘿蔔。

　　金枝聽着鞭子響，聽着口哨響，她猛然站起來，提好她的筐子驚驚怕怕的走出菜圃。在菜田東邊，柳條牆的那個地方停下，她聽一聽口笛漸漸遠了！鞭子的響聲與她隔離着了！她忍耐着等了一會，口笛婉轉地從背後的方向透過來；她又將與他接近着了！菜田上一些女人望見她，遠遠的呼喚：

　　"你不來摘柿子，幹甚麼站到那兒？"

　　她搖一搖她成雙的辮子，她大聲擺着手說："我要回家了！"

　　姑娘假裝着回家，繞過人家的籬牆，躲避一切菜田上的眼睛，朝向河灣去了。筐子掛在腕上，搖搖搭搭。口笛不住的在遠方催逼她，彷彿她是一塊被引的鐵跟住了磁石。

　　靜靜的河灣有水濕的氣味，男人等在那裏。

　　五分鐘過後，姑娘仍和小雞一般，被野獸壓在那裏。男人着了瘋了！他的大手敵意一般地捉緊另一塊肉體，想要吞食那塊肉體，想要破壞那

塊熱的肉。盡量的充漲了血管，彷彿他是在一條白的死屍上面跳動，女人赤白的圓形的腿子，不能盤結住他。於是一切音響從兩個貪婪着的怪物身上創造出來。

迷迷蕩蕩的一些花穗顫在那裏，背後的長莖草倒折了！不遠的地方打柴的老人在割野草。他們受着驚擾了，發育完強的青年的漢子，帶着姑娘，像獵犬帶着捕捉物似的，又走下高粱地去。他的手是在姑娘的

衣裳下面展開着走。

　　吹口哨，響着鞭子，他覺得人間是温存而愉快。他的靈魂和肉體完全充實着，嬸嬸遠遠的望見他，走近一點，嬸嬸說：

　　"你和那個姑娘又遇見嗎？她真是個好姑娘。……唉……唉！"

　　嬸嬸像是煩躁一般緊緊靠住籬牆。姪兒向她說：

"嬸娘你唉唉甚麼呢?我要娶她哩!"

"唉……唉……"

嬸嬸完全悲傷下去,她說:

"等你娶過來,她會變樣,她不和原來一樣,她的臉是青白色;你也再不把她放在心上,你會打罵她呀!男人們心上放着女人,也就是你這樣的年紀吧!"

嬸嬸表示出她的傷感,用手按住胸膛,她防止着心臟起甚麼變化,她又說:

"那姑娘我想該有了孩子吧?你要娶她,就快些娶她。"

姪兒回答:"她娘還不知道哩!要尋一個做媒的人。"

牽着一條牛,福發回來。嬸嬸望見了,她急旋着走回院中,假意收拾柴欄。叔叔到井邊給牛喝水,他又拉着牛走了!嬸嬸好像小鼠一般又抬起頭來,又和姪兒講話:

"成業,我對你告訴吧!年青的時候,姑娘的時候,我也到河邊去釣魚,九月裏落着毛毛雨的早晨,我披着蓑衣坐在河沿,沒有想到,我也不願意那樣;我知道給男人做老婆是壞事,可是你叔叔,他從河沿把我拉到馬房去,在馬房裏,我甚麼都完啦!可是我心也不害怕,我歡喜給你叔叔做老婆。這時節你看,我怕男人,男人和石塊一般硬,叫我不敢觸一觸他。""你總是唱甚麼落着毛毛雨,披蓑衣去打魚……我再也不願聽這曲子,年青人甚麼也不可靠,你叔叔也唱這曲子哩!這時他再也不想從前了!那和死過的樹一樣不能再活。”

年青的男人不願意聽嬸嬸的話，轉走到屋裏，去喝一點酒。他為着酒，大膽把一切告訴了叔叔。福發起初只是搖頭，後來慢慢的問着：

“那姑娘是十七歲嗎？你是二十歲。小姑娘到咱們家裏，會做甚麼活計？”

爭奪着一般的，成業說：

“她長得好看哩！她有一雙亮油油的黑辮子。甚麼活計她也能做，很有力氣呢！”

成業的一些話，叔叔覺得他是喝醉了，往下叔叔沒有說甚麼，坐在那裏沉思過一會，他笑着望着他的女人。

“啊呀……我們從前也是這樣哩！你忘記嗎？那些事情，你忘記了吧！……哈……哈，有趣的呢，回想年青真有趣的哩。”

女人過去拉着福發的臂，去撫媚他。但是沒有動，她感到男人的笑臉不是從前的笑臉，她心中被他無數生氣的面孔充塞住，她沒有動，她笑一下趕忙又把笑臉收了回去。她怕笑得時間長，會要挨罵。男人叫把酒杯拿過去，女人聽了這話，聽了命令一般把杯子拿給他。於是丈夫也昏沉的睡在炕上。

女人悄悄地躡着腳走出了，停在門邊，她聽着紙窗在耳邊鳴，她完全無力，完全灰色下去。場院前，蜻蜓們鬧着向日葵的花。但這與年青的婦人絕對隔礙着。

紙窗漸漸的發白，漸漸可以分辨出窗櫺來了！

進過高粱地的姑娘一邊幻想着一邊哭，她是那樣的低聲，還不如窗紙的鳴響。她的母親翻轉過身時，哼着，有時也挫響牙齒。金枝怕要挨打，連在黑暗中把眼淚也拭得乾淨。老鼠一般地整夜好像睡在貓的尾巴下。通夜都是這樣，每次母親翻動時，像爆裂一般地，向自己的女孩的枕頭的地方罵一句：

"該死的！"

接着她便要吐痰，通夜是這樣，她吐痰，可是她並不把痰吐到地上；她願意把痰吐到女兒的臉上。這次轉身她甚麼也沒有吐，也沒罵。

可是清早，當女兒梳好頭辮，要走上田的時候，她瘋着一般奪下她的筐子：

"你還想摘柿子嗎？金枝，你不像摘柿子吧？你把筐子都丟啦！我看你好像一點心腸也沒有，打柴的人幸好是朱大爺，若是別人拾去還能找出來嗎？若是別人拾得了筐子，名聲也不能好聽哩！福發的媳婦，不就是在河沿壞的事嗎？全村就連孩子們也是傳說。唉！……那是怎樣的人呀？以後婆家也找不出去。她有了孩子，沒法做了福發的老婆，她娘為這事羞死了似的，在村子裏見人，都不能抬起頭來。"

母親看着金枝的臉色馬上蒼白起來，臉色變成那樣脆弱。母親以為女兒可憐了，但是她沒曉得女兒的手從她自己的衣裳裏邊偷偷的按着肚子，金枝感到自己有了孩子一般恐怖。母親說：

"你去吧！你可別再和小姑娘們到河沿去玩，記住，不許到河邊去。"

母親在門外看着姑娘走，她沒立刻轉回去，她停住在門前許多時間，眼望着姑娘加入田間的人群。母親回到屋中一邊燒飯，一邊歎氣，她體內像染着甚麼病患似的。

農家每天從田間回來才能吃早飯。金枝走回來時，母親看見她手在按着肚子：

"你肚子疼嗎？"

她被驚着了，手從衣裳裏邊抽出來，連忙搖着頭："肚子不疼。"

"有病嗎？"

"沒有病。"

於是她們吃飯。金枝甚麼也沒有吃下去，只吃過粥飯就離開飯桌了！母親自己收拾了桌子説：

"連一片白菜葉也沒吃呢！你是病了吧？"

等金枝出門時，母親呼喚着：

"回來，再多穿一件夾襖，你一定是着了寒，才肚子疼。"

母親加一件衣服給她，並且又説：

"你不要上地吧？我去吧！"

金枝一面搖着頭走了！披在肩上的母親的小襖沒有扣鈕子，被風吹飄着。

金枝家的一片柿地，和一個院宇那樣大的一片。走進柿地嗅到辣的氣味，刺人而説不定是甚麼氣味。柿秧最高的有兩尺高，在枝間掛着金紅色的果實。每棵，每棵掛着許多，也掛着綠色或是半綠色的一些。除了另一塊柿地和金枝家的柿地連接着，左近全是菜田了！八月裏人們忙着扒“土豆”；也有的砍着白菜，裝好車子進城去賣。

二里半就是種菜田的人。麻面婆來回的搬着大頭菜，送到地端的車子上。羅圈腿也是來回向地端跑着，有時他抱了兩棵大型的圓白菜，走起來兩臂像是架着兩塊石頭樣。

麻面婆看見身旁別人家的倭瓜紅了。她看一下，近處沒有人，起始把靠菜地長着的四個大倭瓜都摘落下來了。兩個和小西瓜一樣大的，她叫孩子抱着。羅圈腿臉累得漲紅和倭瓜一般紅，他不能再抱動了！兩臂像要被甚麼壓掉一般。還沒能到地端，剛走過金枝身旁，他大聲求救似的：

“爹呀，西……西瓜快要摔啦，快要摔碎啦！”

他着忙把倭瓜叫西瓜。菜田許多人，看見這個孩子都笑了！鳳姐望着金枝説：

“你看這個孩子，把倭瓜叫成西瓜。”

金枝看了一下，用面孔無心的笑了一下。二里半走過來，踢了孩子一腳；兩個大的果實坐地了！孩子沒有哭，發愕地站到一邊。二里半罵他：

“混蛋，狗娘養的，叫你抱白菜，誰叫你摘倭瓜啦？……”

麻面婆在後面走着，她看到兒子遇了事，她巧妙的彎下身去，把兩個更大的倭瓜丟進柿秧中。誰都看見她作這種事，只是她自己感到巧妙。二里半問她：

“你幹的嗎？糊塗蟲！錯非你……”

麻面婆哆嗦了一下，口齒比平常更不清楚了：

"⋯⋯我沒⋯⋯"

孩子站在一邊尖銳地嚷着："不是你摘下來叫我抱着送上車的嗎？不認帳！"

麻面婆她使着眼神，她急得要說出口來："我是偷的呢！該死的⋯⋯別嚷叫啦，要被人抓住啦！"

平常最沒有心腸看熱鬧的，不管田上發生了甚麼事，也沉埋在那裏的人們，現在也來圍住她們了！這裏好像唱着武戲，戲台上耍着他們一家三人。二里半罵着孩子：

"他媽的混帳，不能幹活，就能敗壞，誰叫你摘倭瓜？"

羅圈腿那個孩子，一點也不服氣的跑過去，從柿秧中把倭瓜滾弄出來了！大家都笑了，笑聲超過人頭。可是金枝好像患着傳染病的小雞一般，霎着眼睛蹲在柿秧下，她甚麼也沒有理會，她逃出了眼前的世界。

二里半氣憤得幾乎不能呼吸，等他說出"倭瓜"是自家種的，為着留種子的時候，麻面婆站在那裏才鬆了一口氣。她以為這沒有甚麼過錯，偷摘自己的倭瓜。她仰起頭來向大家表白："你們看，我不知道，實在不知道倭瓜是自家的呢！"

麻面婆不管自己說話好笑不好笑，擠過人圍，結果把倭瓜抱到車子那裏。於是車子走向進城的大道，彎腿的孩子拐拐歪歪跑在後面。馬，車，人漸漸消失在道口了！

田間不斷的講着偷菜棵的事。關於金枝也起着流言：

"那個丫頭也算完啦！"

"我早看她起了邪心，看她摘一個柿子要半天工夫；昨天把柿筐都忘在河沿！"

"河沿不是好人去的地方。"

鳳姐身後，兩個中年的婦人坐在那裏扒胡蘿蔔。可是議論着，有時也說出一些淫污的話，使鳳姐不大明白。

金枝的心總是悸動着，時間像蜘蛛縷着絲線那樣綿長；心境壞到極點。金枝臉色脆弱朦朧得像罩着一塊面紗。她聽一聽口哨還沒有響。遼闊的可以看到福發家的圍牆，可是她心中的哥兒卻永不見出來。她又繼續摘柿子，無論青色的柿子她也摘下。她沒能注意到柿子的顏色，並且筐子也滿着了！她不把柿子送回家去，一些雜色的柿子被她散亂的鋪了滿地。那邊又有女人故意大聲議論她：

"上河沿去跟男人，沒羞的，男人扯開她的褲子……"

金枝關於跟前的一切景物和聲音，她忽略過去；她把肚子按得那樣緊，彷彿肚子裏面跳動了！忽然口哨傳來了！她站起來，一個柿子被踏碎，像是被踏碎的蛤蟆一樣，發出水聲。她被跌倒了，口哨也跟着消滅了！以後無論她怎樣聽，口哨也不再響了。

金枝和男人接觸過三次；第一次還是在兩個月以前，可是那時母親甚麼也不知道，直到昨天筐子落到打柴人手裏，母親算是渺渺茫茫的猜度着一些。

金枝過於痛苦了，覺得肚子變成個可怕的怪物，覺得裏面有一塊硬的地方，手按得緊些，硬的地方更明顯。等她確信肚子裏有了孩子的時候，她的心立刻發嘔一般顫嗦起來，她被恐懼把握着了。奇怪的，兩個蝴蝶疊落着貼落在她的膝頭。金枝看着這邪惡的一對蟲子而不拂去牠。金枝彷彿是米田上的稻草人。

母親來了，母親的心遠遠就繫在女兒的身上。可是她安靜的走來，遠看她的身體幾乎呈出一個完整的方形，漸漸可以辨得出她尖形的腳在袋口一般的衣襟下起伏的動作。在全村的老婦人中甚麼是她的特徵呢？她發怒和笑着一般，眼角集着愉快的多形的紋縐。嘴角也完全愉快着，只是上唇有些差別，在她真正愉快的時候，她的上唇短了一些。在她生氣的時候，上唇特別長，而且唇的中央那一小部分尖尖的，完全像鳥雀的嘴。

母親停住了。她的嘴是顯着她的特徵，——全臉笑着，只是嘴和鳥雀的嘴一般。因為無數青色的柿子惹怒她了！金枝在沉想的深淵中被母親踢打了：

"你發傻了嗎？啊……你失掉了魂啦？我撕掉你的辮子……"

金枝沒有掙扎，倒了下來。母親和老虎一般捕住自己的女兒。金枝的鼻子立刻流血。

她小聲罵她，大怒的時候她的臉色更暢快笑着，慢慢的掀着尖唇，眼角的線條更加多的組織起來。

"小老婆，你真能敗毀。摘青柿子。昨夜我罵了你，不服氣嗎？"

母親一向是這樣，很愛護女兒，可是當女兒敗壞了菜棵，母親便去愛護菜棵了。農家無論是菜棵，或是一株茅草也要超過人的價值。

該睡覺的時候了！火繩從門邊掛手巾的鐵線上倒垂下來，屋中聽不着一個蚊蟲飛了！夏夜每家掛着火繩。那繩子緩慢而綿長的燃着。慣常了，那像廟堂中燃着的香火，沉沉的一切使人無所聽聞，漸漸催人入睡。艾蒿的氣味漸漸織入一些疲乏的夢魂去。蚊蟲被艾蒿煙驅走。金枝同母親還沒有睡的時候，有人來在窗外，輕慢的咳嗽着。

母親忙點燈火，門響開了！是二里半來了。無論怎樣母親不能把燈點着，燈心處爆着水的炸響，母親手中舉着一枝火柴，把小燈舉得和眉頭一般高，她說：

"一點點油也沒有了呢！"

金枝到外房去倒油。這個時間，他們談說一些突然的事情。母親關於這事驚恐似的，堅決的，感到羞辱一般的盪着頭：

"那是不行，我的女兒不能配到那家子人家。"

二里半聽着姑娘在外房蓋好油罐子的聲音，他往下沒有說甚麼。金枝站在門限向媽媽問："豆油沒有了，裝一點水吧？"

金枝把小燈裝好，擺在炕沿。燃着了！可是二里半到她家來的意義是為着她，她一點不知道，二里半為着煙袋向倒懸的火繩取火。

母親，手在按住枕頭，她像是想甚麼，兩條直眉幾乎相連起來。女兒在她身邊向着小燈垂下頭。二里半的煙火每當他吸過了一口便紅了一陣。艾蒿煙混加着煙葉的氣味，使小屋變做地下的窖子一樣黑重！二里半作窖一般的咳嗽了幾聲。金枝把流血的鼻子換上另一塊棉花。因為沒有言語，每個人起着微小的潛意識的動作。

就這樣坐着，燈火又響了。水上的浮油燒盡的時候，小燈又要滅，二里半沉悶着走了！二里半為人說媒被拒絕，羞辱一般的走了。

中秋節過去，田間變成殘敗的田間；太陽的光線漸漸從高空憂鬱下來，陰濕的氣息在田間到處撩走。南部的高粱完全睡倒下來，接接連連的望去，黃豆秧和揉亂的頭髮一樣蓬蓬在地面，也有的地面完全拔禿似的。

早晨和晚間都是一樣，田間憔悴起來。只見車子，牛車和馬車輪輪滾滾的載滿高粱的穗頭，和大豆的稈秧。牛們流着口涎愚直的掛下着，發出響動的車子前進。

福發的姪子驅着一條青色的牛，向自家的場院載拖高粱。他故意繞走一條曲道，那裏是金枝的家門，她心漲裂一般的驚慌，鞭子於是響起來了。

金枝放下手中紅色的辣椒，向母親說：

"我去一趟茅屋。"

於是老太太自己串辣椒，她串辣椒和紡織一般快。

金枝的辮子毛毛着，臉是完全充了血。但是她患着病的現象，把她變成和紙人似的，像被風飄着似的出現房後的圍牆。

你害病嗎？倒是為甚麼呢？但是成業是鄉村長大

的孩子，他甚麼也不懂得問。他丟下鞭子，從圍牆宛如飛鳥落過牆頭，用腕力攄住病的姑娘；把她壓在牆角的灰堆上，那樣他不是想要接吻她，也不是想要熱情的講些情話，他只是被本能支使着想動作一切。金枝打厮着一般的説：

"不行啦！娘也許知道啦，怎麼媒人還不見來？"

男人回答：

"噯，李大叔不是來過嗎？你一點不知道！他説你娘不願意。明天他和我叔叔一道來。"

金枝按着肚子給他看，一面搖頭："不是呀！……不是呀！你看到這個樣子啦！"

男人完全不關心，他小聲響起："管他媽的，活該願意不願意，反正是幹啦！"

他的眼光又失常了，男人仍被本能不停的要求着。

母親的咳嗽聲，輕輕的從薄牆透出來。牆外青牛的角上掛着秋空的游絲。

母親和女兒在吃晚飯，金枝嘔吐起來，母親問她："你吃了蒼蠅嗎？"

她搖頭，母親又問："是着了寒吧！怎麼你總有病呢？你連飯都嚥不下去。不是有癆病啦！？"

母親説着去按女兒的腹部，手在夾衣上來回的摸了陣。手指四張着在肚子上思索了又思索："你有了癆病吧？肚子裏有一塊硬呢！有癆病人的肚子才是硬一塊。"

女兒的眼淚要垂流一般的掛到眼毛的邊緣。最後滾動着從眼毛滴下來了！就是在夜裏，金枝也起來到

外邊去嘔吐，母親迷蒙中聽
着叫娘的聲音。窗上的月光
差不多和白晝一般明，看得
清金枝的半身拖在炕下，另半身是彎在枕
頭上。頭髮完全埋沒着臉面。等母親拉她手的時候，
她抽扭着說起：

"娘……把女兒嫁給福發的姪子吧！我肚裏不
是……病，是……"

到這時節母親更要打罵女兒了吧？可不是那樣，
母親好像本身有了罪惡，聽了這話，立刻麻木着了，
很長的時間她像不存在一樣。過了一刻母親用她從不
用過溫和的聲調說：

"你要嫁過去嗎？二里半那天來說媒，我是頂走他
的，到如今這事怎麼辦呢？"

母親似乎是平息了一下，她又想說，但是淚水塞
住了她的嗓子，像是女兒窒息了她的生命似的，好像
女兒把她羞辱死了！

第三章　屠　場

老馬走上進城的大道，"私宰場"就在城門的束邊。那裏的屠刀正張着，在等待這個殘老的動物。

老王婆不牽着她的馬兒，在後面用一條短枝驅着牠前進。

大樹林子裏有黃葉迴旋着，那是些呼叫着的黃葉。望向林子的那端，全林的樹棵，彷彿是關落下來的大傘。淒沉的陽光，曬着所有的禿樹。田間望遍了遠近的人家。深秋的田地好像沒有感覺的光了毛的皮帶，遠近平鋪着。夏季埋在植物裏的家屋，現在明顯的好像突出地面一般，好像新從地面突出。

深秋帶來的黃葉，趕走了夏季的蝴蝶。一張葉子落到王婆的頭上，葉子是安靜的伏貼在那裏。王婆驅着她的老馬，頭上頂着飄落的黃葉；老馬，老人，配着一張老的葉子，他們走在進城的大道。

道口漸漸看見人影，漸漸看見那個人吸煙，二里半迎面來了。他長形的臉孔配起擺動的身子來，有點像一個馴順的猿猴。他說："唉呀！起得太早啦！進城去有事嗎？怎麼驅着馬進城，不裝車糧拉着？"

振一振袖子，把耳邊的頭髮向後撫弄一下，王婆的手顫抖着說了："到日子了呢！下湯鍋去吧！"王婆甚麼心情也沒有，她看着馬在吃道旁的葉子，她用短枝驅着又前進了。

二里半感到非常悲痛。他痙攣着了。過了一個時刻轉過身來，他趕上去說"下湯鍋是下不得的，……下湯鍋是下不得……"但是怎樣辦呢？二里半連半句語言也沒有了！他扭歪着身子跨到前面，用手摸一摸馬兒的鬃髮。老馬立刻響着鼻子了！牠的眼睛哭着一般，濕潤而模糊。悲傷立刻掠過王婆的心孔。啞着嗓子，王婆說："算了吧！算了吧！不下湯鍋，還不是等着餓死嗎？"

深秋禿葉的樹，為了慘厲的風變，脫去了靈魂一般吹嘯着。馬行在前面，王婆隨在後面，一步一步屠場近着了；一步一步風聲送着老馬歸去。

王婆她自己想着：一個人怎麼變得這樣利害？年青的時候，不是常常為着送老馬或是老牛進過屠場嗎？她寒顫起來，幻想着屠刀要像穿過自己的脊樑，於是，手中的短枝脫落了！她茫然暈昏地停在道旁，頭髮舞着好像個鬼魂樣。等她重新拾起短枝來，老馬不見了！牠到前面小水溝的地方喝水去了！這是牠最末一次飲水吧！老馬需要飲水，牠也需要休息，在水溝旁倒臥下來了！牠慢慢呼吸着。王婆用低音，慈和的音調呼喚着："起來吧！走進城去吧，有甚麼法子呢？"馬仍然仰臥着。王婆看一看日午了，還要趕回去燒午飯，但，任她怎樣拉韁繩，馬仍是沒有移動。

王婆惱怒着了！她用短枝打着牠起來。雖是起來，老馬仍然貪戀着小水溝。王婆因為苦痛的人生，使她易於暴怒，樹枝在馬兒的脊骨上斷成半截。

又安然走在大道上了！經過一些荒涼的家屋，經過幾座頹廢的小廟。一個小廟前躺着個死了的小孩，那是用一捆穀草束紮着的。孩子小小的頭頂露在外面，可憐的小腳從草梢直伸出來；他是誰家的孩子睡在這曠野的小廟前？

屠場近着了，城門就在眼前，王婆的心更翻着不停了。

五年前牠也是一匹年青的馬，為了耕種，傷害得只有毛皮蒙遮着骨架。現在牠是老了！秋末了！收割完了！沒有用處了！只為一張馬皮，主人忍心把牠送進屠場。就是一張馬皮的價值，地主又要從王婆的手裏奪去。

王婆的心自己感覺得好像懸起來；好像要掉落一般，當她看見板牆釘着一張牛皮的時候。那一條小街盡是一些要攤落的房屋；女人啦，孩子啦，散集在兩旁。地面踏起的灰粉，污沒着鞋子；衝上人的鼻孔。孩子們拾起土塊，或是垃圾團打擊着馬兒，王婆罵道：

"該死的呀！你們這該死的一群。"

這是一條短短的街。就在短街的盡頭，張開兩張黑色的門扇。再走近一點，可以發現門扇斑斑點點的血印，被血痕所恐嚇的老太婆好像自己踏在刑場了！她努力鎮壓着自己，不讓一些年青時所見到刑場上的回憶翻動。但，那回憶卻連續的開始織張：—— 一個小伙子倒下來了，一個老頭也倒下來了！揮刀的人又向第三個人作着式子。

彷彿是箭，又像火剌燒着王婆，她看不見那一群孩子在打馬，她忘記怎樣去罵那一群頑皮的孩子。走着，走着，立在院心了。四面板牆釘住無數張毛皮。靠近房簷立了兩條高杆，高杆中央橫着橫樑；馬蹄或是牛蹄折下來用麻繩把兩隻蹄端紮連在一起，做一個叉形掛在上面，一團一團的腸子也攬在上面；腸子因為日子久了，乾成黑色不動而僵直的片狀的繩索。並且那些折斷的腿骨，有的從折斷處涔滴着血。

在南面靠牆的地方也立着高杆，杆頭曬着在蒸氣的腸索。這是說，那個動物是被釘死不久哩！腸子還熱着呀！

滿院在蒸發腥氣，在這腥味的人間，王婆快要變做一塊鉛了！沉重而沒有感覺了！

老馬——棕色的馬，牠孤獨的站在板牆下，牠借助那張釘好的毛皮在搔癢。此刻牠仍是馬，過一會牠將也是一張皮了！

一個大眼睛的惡面孔跑出來。裂着胸襟。說話時，可見他胸膛在起伏：

"牽來了嗎？啊！價錢好說，我好來看一下。"

王婆說："給幾個錢我就走了！不要麻煩啦。"

那個人打一打馬的尾巴，用腳踢一踢馬蹄；這是怎樣難忍的一刻呀！

王婆得到三張票子，這可以充納一畝地租。看着錢比較自慰些，她低着頭向大門出去，她想還餘下一點錢到酒店去買一點酒帶回去，她已經跨出大門，後面發出響聲：

"不行，不行，……馬走啦！"

王婆回過頭來，馬又走在後面；馬甚麼也不知道，仍想回家。屠場中出來一些男人，那些惡面孔們，想要把馬抬回去，終於馬躺在道旁了！像樹根盤結在地中。無法，王婆又走回院中，馬也跟回院中。她給馬搔着頭頂，牠漸漸臥在地面了！漸漸想睡着了！忽然王婆站起來向大門奔走。在道口聽見一陣關門聲。

她哪有心腸買酒？她哭着回家，兩隻袖子完全濕透。那好像是送葬歸來一般。

家中地主的使人早等在門前，地主們就連一塊銅板也從不捨棄在貧農們的身上，那個使人取了錢走去。

王婆半日的痛苦沒有代價了！王婆一生的痛苦也都是沒有代價。

冬天，女人們像松樹子那樣容易結聚，在王婆家裏滿炕坐着女人。五姑姑在編麻鞋，她為着笑，弄得一條針丟在蓆縫裏，她尋找針的時候，做出可笑的姿勢來，她像一個靈活的小鴿子站起來在炕上跳着走，她説：

"誰偷了我的針？小狗偷了我的針？"

"不是呀！小姑爺偷了你的針！"

新娶來菱芝嫂嫂，總是愛説這一類的話。五姑姑走過去要打她。

"莫要打，打人將要找一個麻面的姑爺。"

王婆在廚房裏這樣搭起聲來；王婆永久是一陣憂默，一陣歡喜，與鄉村中別的老婦們不同。她的聲音又從廚房傳來：

“五姑姑編成幾雙麻鞋了？給小丈夫要多多編幾雙呀！”

五姑姑坐在那裏做出表情來，她說：

“哪裏有你這樣的老太婆，快五十歲了，還說這樣話！”

王婆又莊嚴點說：

“你們都年青，哪裏懂甚麼，多多編幾雙吧！小丈夫才會稀罕哩。”

大家嘩笑着了！但五姑姑不敢笑，心裏笑，垂下頭去，假裝在蓆上找針。等菱芝嫂把針還給五姑姑的時候，屋子安然下來，廚房裏王婆用刀刮着魚鱗的聲響，和窗外雪擦着窗紙的聲響，混雜在一起了。

王婆用冷水洗着凍冰的魚，兩隻手像個胡蘿蔔樣。她走到炕沿，在火盆邊烘手。生着斑點在鼻子上的死去丈夫的婦人放下那張小破布，在一攤亂布裏去尋更小的一塊；她迅速的穿補。她的面孔有點像王婆，腮骨很高，眼睛和琉璃一般深嵌在好像小洞似的眼眶裏，並且也和王婆一樣，眉峰是突出的。那個女人不喜歡聽一些妖豔的詞句，她開始追問王婆：

“你的第一家那個丈夫還活着嗎？”

兩隻在烘着的手，有點腥氣；一顆魚鱗掉下去，發出小小響聲，微微上騰着煙。她用盆邊的灰把煙埋住，她慢慢搖着頭，沒有回答那個問話。魚鱗燒的煙有點難耐，每個人皺一下鼻頭，或是用手揉一揉鼻頭。生着斑點的寡婦，有點後悔，覺得不應該問這話。牆角坐着五姑姑的姐姐，她用麻繩穿着鞋底的沙音單調地起落着。

廚房的門，因為結了冰，破裂一般地鳴叫。

"呀！怎麼買這些黑魚？"

大家都知道是打魚村的李二嬸子來了。聽了聲音，就可以想像她稍長的身子。

"真是快過年了？真有錢買這些魚？"

在冷空氣中，音波響得很脆；剛踏進裏屋，她就看見炕上坐滿着人："都在這兒聚堆呢！小老婆們！"

她生得這般瘦，腰，臨風就要折斷似的；她的奶子那樣高，好像兩個對立的小嶺。斜面看她的肚子似乎有些不平起來。靠着牆給孩子吃奶的中年婦人，望察着而後問：

"二嬸子，不是又有了呵？"

二嬸子看一看自己的腰身說：

"像你們呢！懷裏抱着，肚子裏還裝着……"

她故意在講騙話，過了一會她坦白告訴大家：

"那是三個月了呢？你們還看不出？"

菱芝嫂在她肚皮上摸了一下，她邪昵地淺淺地笑了：

"真沒出息，整夜盡摟着男人睡吧？"

"誰說？你們新媳婦，才那樣。"

"新媳婦……？哼！倒不見得！"

"像我們都老了！那不算一回事啦，你們年青，那才了不得哪！小丈夫才會新鮮哩！"

每個人為了言詞的引誘，都在幻想着自己，每個人都有些心跳；或是每個人的臉都發燒。就連沒出嫁的五姑姑都感着神秘而不安了！她羞羞迷迷地經過廚房回家去了！只留下婦人們在一起，她們言調更無邊際了！王婆也加入這一群婦人的隊伍，她卻不說甚麼，只是幫助着笑。

在鄉村永久不曉得，永久體驗不到靈魂，只有物質來充實她們。

李二嬸子小聲問菱芝嫂；其實小聲人們聽得更清！

菱芝嫂她畢竟是新嫁娘，她猛然羞着了！不能開口。李二嬸子的奶子顫動着，用手去推動菱芝嫂：

"說呀！你們年青，每夜要有那事吧？"

在這樣的當兒，二里半的婆子進來了！二嬸子推撞菱芝嫂一下：

"你快問問她！"

那個傻婆娘一向說話是有頭無尾：

"十多回。"

全屋人都笑得流着眼淚了！孩子從母親的懷中起來，大聲的哭號。

李二嬸子靜默一會，她站起來說：

"月英要吃鹹黃瓜，我還忘了，我是來拿黃瓜。"

李二嬸子，拿了黃瓜走了，王婆去燒晚飯，別人也陸續着回家了。王婆自己在廚房裏炸魚。為了煙，房中也不覺得寂寞。

魚擺在桌子上，平兒也不回來，平兒的爹爹也不回來，暗色的光中王婆自己吃飯，熱氣作伴着她。

月英是打魚村最美麗的女人。她家也最窮，和李二嬸子隔壁住着。她是如此溫和，從不聽她高聲笑過，或是高聲吵嚷。生就的一對多情的眼睛，每個人接觸她的眼光，好比落到綿絨中那樣愉快和溫暖。

可是現在那完全消失了！每夜李二嬸子聽到隔壁慘厲的哭聲；十二月嚴寒的夜，隔壁的哼聲愈見沉重了！

山上的雪被風吹着像埋蔽這傍山的小房似的。大樹號叫，風雪向小房遮蒙下來。一株山邊斜歪着的大樹，倒折下來。寒月怕被一切聲音撲碎似的，退縮到天邊去了！這時候隔壁透出來的聲音，更哀楚。

"你……你給我一點水吧！我渴死了！"

聲音弱得柔慘欲斷似的：

"嘴乾死了！……把水碗給我呀！"

一個短時間內仍沒有回應，於是屠弱哀楚的小響不再作了！啜泣着，哼着，隔壁像是聽到她流淚一般，滴滴點點地。

日間孩子們集聚在山坡，緣着樹枝爬上去，順着結冰的小道滑下來，他們有各樣不同的姿勢：——倒滾着下來，兩腿分張着下來。也有冒險的孩子，把頭向下，腳伸向空中溜下來。常常他們要跌破流血回家。冬天，對於村中的孩子們，和對於花果同樣暴虐。他們每人的耳朵春天要膿脹起來，手或是腳都裂開條口，鄉村的母親們對於孩子們永遠和對敵人一般。當孩子把爹爹的棉帽偷着戴起跑出去的時候，媽媽追在後面打罵着奪回來，媽媽們摧殘孩子永久瘋狂着。

王婆約會五姑姑來探望月英。正走過山坡，平兒在那裏。平兒偷穿着爹爹的大氈靴子；他從山坡奔逃了！靴子好像兩隻大熊掌樣掛在那個孩子的腳上，平兒蹣跚着了！從上坡滾落着了！可憐的孩子帶着那樣黑大不相稱的腳，球一般滾轉下來，跌在山根的大樹幹上。王婆宛如一陣風落到平兒的身上；那樣好像山間的野獸要獵食小獸一般兇暴。終於王婆提了靴子，平兒赤腳回家，使平兒走在雪上，好像使他走在火上一般不能停留。任孩子走得怎樣遠，王婆仍是説着：

　　"一雙靴子要穿過三冬，踏破了哪裏有錢買？你爹進城去都沒穿哩！"

　　月英看見王婆還不及説話，她先啞了嗓子。王婆把靴子放在炕下，手在抹擦鼻涕：

　　"你好了一點？臉孔有一點血色了！"

　　月英把被子推動一下，但被子仍然伏蓋在肩上，她説：

　　"我算完了，你看我連被子都拿不動了！"

　　月英坐在炕的當心。那幽黑的屋子好像佛龕，月英好像佛龕中坐着的女佛。用枕頭四面圍住她，就這樣過了一年。一年月英沒能倒下睡過。她患着癱病，起初她的丈夫替她請神，燒香，也跑到土地廟前索藥。後來就連城裏的廟也去燒香，但是奇怪的是月英的病並不為這些香火和神鬼所治好。以後做丈夫的覺得責任盡到了，並且月英一個月比一個月加病，做丈夫的感着傷心！他嘴裏罵：

　　"娶了你這樣老婆，真算不走運氣！好像娶個小祖宗來家，供奉着你吧！”

起初因為她和他分辯，他還打她。現在不然了，絕望了！晚間他從城裏賣完青菜回來，燒飯自己吃，吃完便睡下，一夜睡到天明，坐在一邊那個受罪的女人一夜呼喚到天明。宛如一個人和一個鬼安放在一起，彼此不相關聯。

月英說話只有舌尖在轉動。王婆靠近她，同時那一種難忍的氣味更強烈了！更強烈的從那一堆污濁的東西，發散出來。月英指點身後說：

“你們看看，這是那死鬼給我弄來的磚，他說我快死了！用不着被子了！用磚依住我，我全身一點肉都瘦空。那個沒有天良的，他想法折磨我呀！”

五姑姑覺得男人太殘忍，把磚塊完全拋下炕去。月英的聲音欲斷一般又說：

“我不行啦！我怎麼能行，我快死啦！”

她的眼睛，白眼珠完全變綠，整齊的一排前齒也完全變綠，她的頭髮燒焦了似的，緊貼住頭皮。她像一頭患病的貓兒，孤獨而無望。

王婆給月英圍好一張被子在腰間，月英說：

“看看我的身下，髒污死啦！”

王婆下地用條枝攏了盆火，火盆騰着煙放在月英身後。王婆打開她的被子時，看見那一些排泄物淹浸了那座小小的骨盆。五姑姑扶住月英的腰，但是她仍然使人心楚的在呼喚！

“唉呦，我的娘！……唉呦疼呀！”

她的腿像一雙白色的竹竿平行着伸在前面。她的骨架在炕上正確的做成一個直角，這完全用線條組成的人形，只有頭闊大些，頭在身子上彷彿是一個燈籠掛在杆頭。

王婆用麥草揩着她的身子，最後用一塊濕布為她擦着。五姑姑在背後把她抱起來，當擦臀部時，王婆覺得有小小白色的東西落到手上，會蠕行似的。借着火盆邊的火光去細看，知道那是一些小蛆蟲，她知道月英的臀下是腐了，小蟲在那裏活躍。月英的身體將變成小蟲們的洞穴！王婆問月英：

"你的腿覺得有點痛沒有？"

月英搖頭。王婆用涼水洗她的腿骨，但她沒有感覺，整個下體在那個癱人像是外接的，是另外的一件物體。當給她一杯水喝的時候，王婆問：

"牙怎麼綠了？"

終於五姑姑到隔壁借一面鏡子，同時她看了鏡子，悲痛沁人心魂地她大哭起來。但面孔上不見一點淚珠，彷彿是貓忽然被斬軋，她難忍的聲音，沒有溫情的聲音，開始低嘎。

她說："我是個鬼啦！快些死吧！活埋了我吧！"

她用手來撕頭髮，脊骨搖扭着，一個長久的時間她忙亂的不停。現在停下了，她是那樣無力。頭是歪斜地橫在肩上；她又那樣微微的睡去。

王婆提了靴子走出這個傍山的小房。荒寂的山上有行人走在天邊，她昏旋了！為着強的光線，為着癱人的氣味，為着生、老、病、死的煩惱，她的思路被一些煩惱的波所遮攔。

五姑姑當走進大門時向王婆打了個招呼。留下一段更長的路途，給那個經驗過多樣人生的老太婆去走吧！

王婆束緊頭上的藍布巾，加快了速度，雪在腳下也相伴而狂速地呼叫。

三天以後，月英的棺材抬着橫過荒山而奔着去埋葬，葬在荒山下。

第四章　加　租

死人死了！活人計算着怎麼活下去。冬天女人們預備夏季的衣裳；男人們計慮着怎樣開始明年的耕種。

那天趙三進城回來，他披着兩張羊皮回家。王婆問他：

"哪裏來的羊皮？——你買的嗎？……哪來的錢呢……？"

趙三有甚麼事在心中似的，他甚麼也沒言語。搖閃的經過爐灶，通紅的火光立刻鮮明着，他走出去了。

夜深的時候他還沒有回來。王婆命令平兒去找他。平兒的腳已是難於行動，於是王婆就到二里半家去。他不在二里半家，她到打魚村去了。趙三闊大的喉嚨從李青山家的窗紙透出，王婆知道他又是喝過了酒。當她推門的時候她就說：

"甚麼時候了？還不回家去睡？"

這樣立刻全屋別的男人們也把嘴角合起來。王婆感到不能意料了。青山的女人也沒在家，孩子也不見。趙三說：

"你來幹甚麼？回家睡吧！我就去……去……"

王婆看一看趙三的臉神，看一看周圍也沒有可坐的地方，她轉身出來，她的心徘徊着：

——青山的媳婦怎麼不在家呢？這些人是在做甚麼？

又是一個晚間。趙三穿好新製成的羊皮小襖出去。夜半才回來。披着月亮敲門。王婆知道他又是喝過了酒，但他睡的時候，王婆一點酒味也沒嗅到。那麼出去做些甚麼呢？總是憤怒的歸來。

李二嬸子拖了她的孩子來了，她問：

"是地租加了價嗎？"

王婆說："我還沒聽說。"

李二嬸子做出一個確定的表情：

"是的呀！你還不知道嗎？三哥天天到我家去和他爹商量這事。我看這種情形非出事不可，他們天天夜晚計算着，就連我，他們也躲着。昨夜我站在窗外才聽到他們說哩：'打死他吧！那是一塊惡禍。'你想他們是要打死誰呢？這不是要出人命嗎？"

李二嬸子撫着孩子的頭頂，有一點哀憐的樣子：

"你要勸說三哥，他們若是出了事，像我們怎樣活？孩子還都小着哩！"

五姑姑和別的村婦們帶着他們的小包袱，約會着來的，踏進來的時候，她們是滿臉盈笑。可是立刻她們轉變了，當她們看見李二嬸子和王婆默無言語的時候。

也把事件告訴了她們，她們也立刻憂鬱起來，一點閒情也沒有！一點笑聲也沒有，每個人癡呆地想了想，驚恐地探問了幾句。五姑姑的姐姐，她是第一個扭着大圓的肚子走出去，就這樣一個連着一個寂寞的走去。她們好像群聚的魚似的，忽然有釣竿投下來，她們四下分行去了！

李二嬸子仍沒有走，她為的是囑告王婆怎樣破壞着這件險事。

趙三這幾天常常不在家吃飯；李二嬸子一天來過三四次：

"三哥還沒回來？他爹爹也沒回來。"

一直到第二天下午趙三回來了，當進門的時候，他打了平兒，因為平兒的腳病着，一群孩子集到家來玩。在院心放了一點米，一塊長板用短條棍架着，條棍上繫着長繩，繩子從門限拉進去，雀子們去啄食穀糧，孩子們蹲在門限守望，甚麼時候雀子滿集成堆時，那時候，孩子們就抽動繩索。許多飢餓的麻雀喪亡在長板下。廚房裏充滿了雀毛的氣味，孩子們在灶堂裏燒食過許多雀子。

趙三焦煩着，他看見一隻雞被孩子們打住。他把板子給踢翻了！他坐在炕沿上燃着小煙袋，王婆把早飯從鍋裏擺出來。他說：

"我吃過了！"

於是平兒來吃這些殘飯。

"你們的事情預備得怎樣了？能下手便下手。"

他驚疑。怎麼會走漏消息呢？王婆又說：

"我知道的，我還能弄隻槍來。"

他無從想像自己的老婆有這樣的膽量。王婆真的找來一支老洋炮。可是趙三還從沒用過槍。晚上平兒睡了以後王婆教他怎樣裝火藥，怎樣上炮子。

趙三對於他的女人慢慢感到可以敬重！但是更秘密一點的事情總不向她說。

忽然從牛棚裏發現五個新鐮刀。王婆意度這事情是不遠了！

李二嬸子和別的村婦們擠上門來打聽消息的時候，王婆的頭沉埋一下，她說：

"沒有這回事，他們想到一百里路外去打圍，弄得幾張獸皮大家分用。"

是在過年的前夜，事情終於發生了！北地端鮮紅的血染着雪地；但事情做錯了！趙三近些日子有些失常，一條梨木桿打折了小偷的腿骨。他去呼喚二里半，想要把那小偷丟在土坑去，用雪埋起來。二里半說：

"不行，開春時節，土坑發現死屍，傳出風聲，那是人命哩！"

村中人聽着極痛的呼叫，四面出來尋找。趙三拖着獨腿人轉着彎跑，但他不能把他掩藏起來。在趙三惶恐的心情下，他願意尋到一個井把他放下去。趙三弄了滿手血。

驚動了全村的人，村長進城報告警所。

於是趙三去坐監獄，李青山他們的"鐮刀會"少了趙三也就衰弱了！消滅了！

正月末趙三受了主人的幫忙，把他從監獄裏提放出來。那時他頭髮很長，臉也灰白了些，他有點蒼老。

為着給那個折腿的小偷做賠償，他牽了那條僅有的牛上市去賣；小羊皮襖也許是賣了？再不見他穿了！

晚間李青山他們來的時候，趙三懺悔一般地說：

"我做錯了！也許是我該招的災禍；那是一個天將黑的時候，我正喝酒，聽着平兒大喊有人偷柴。劉二爺前些日子來說要加地租，我不答應，我說我們聯合起來不給他加，於是他走了！過了幾天他又來，說非加不可。再不然叫你們滾蛋！我說好啊！等着你吧！那個管事的，他說：你還要造反？不滾蛋，你們的草堆，就要着火！我只當是那個小子來點着我的柴堆呢！拿着杆子跑出去就把腿給打斷了！打斷了也甘心，誰想那是一個小偷？哈哈！小偷倒霉了！就是治好，那也是跛子了！"

關於"鐮刀會"的事情他像忘記了一般。李青山問他：

"我們應該怎樣剷除二爺那惡棍？"

是趙三說的話：

"打死他吧！那個惡禍。"

還是從前他說的話，現在他又不那樣說了：

"鏟除他又能怎樣？我招災禍，劉二爺也向東家（地主）說了不少好話。從前我是錯了！也許現在是受了責罰！"

他說話時不像從前那樣英氣了！臉是有點帶着懺悔的意味，羞慚和不安了。王婆坐在一邊，聽了這話她後腦上的小髮捲也像生着氣："我沒見過這樣的漢子，起初看來還像一塊鐵，後來越看越是一堆泥了！"

趙三笑了："人不能沒有良心！"

於是好良心的趙三天天進城，弄一點白菜擔着給東家送去，弄一點土豆也給東家送去。為着送這一類菜，王婆同他激烈地吵打，但他絕對保持着他的良心。

有一天少東家出來，站在門階上像訓誨着他一般：

"好險！若不為你説一句話，三年大獄你可怎麼蹲呢？那個小偷他算沒走好運吧！你看我來着手給你辦，用不着給他接腿，讓他死了就完啦。你把賣牛的錢也好省下，我們是'地東'、'地戶'哪有看着過去的……"

説話的中間，間斷了一會，少東家把話尾落到別處：

"不過今年地租是得加。左近地鄰不都是加了價嗎？地東地戶年頭多了，不過得……少加一點。"

過不了幾天小偷從醫院抬出來，可真的死了就完了！把趙三的牛錢歸還一半，另一半少東家説是用做雜費了。

二月了。山上的積雪現出毀滅的色調。但荒山上卻有行人來往。漸漸有送糞的人擔着擔子行過荒涼的山嶺。農民們蜇伏的蟲子樣又醒過來。漸漸送糞的車子忙着了！只有趙三的車子沒有牛挽，平兒冒着汗和爹爹並架着車轅。

地租就這樣加成了！

平兒被僱做了牧羊童。他追打群羊跑遍山坡。山頂像是開着小花一般，綠了！而變紅了！山頂拾野菜的孩子，平兒不斷的戲弄她們，他單獨的趕着一隻羊去吃她們筐子裏拾得的野菜。有時他選一條大身體的羊，像騎馬一樣的騎着來了！小的女孩們嚇得哭着，她們看他像個猴子坐在羊背上。平兒從牧羊時起，他的本領漸漸得已發展。他把羊趕到荒涼的地方去，招集村中所有的孩子練習騎羊。每天那些羊和不喜歡行動的豬一樣散遍在曠野。

行在歸途上，前面白茫茫的一片，他在最後的一個羊背上，彷彿是大將統帥着兵卒一般。他手耍着鞭子，覺得十分得意。

"你吃飽了嗎？午飯。"

趙三對兒子溫和了許多。從遇事以後他好像是溫順了。

那天平兒正戲耍在羊背上，在進大門的時候，羊瘋狂的跑着，使他不能從羊背跳下，那樣他像耍着的羊背上張狂的猴子。一個下雨的天氣，在羊背上進大門的時候，他把小孩撞倒，主人用拾柴的耙子把他打下羊背來，仍是不停，像打着一塊死肉一般。

夜裏，平兒不能睡，輾轉着不能睡。爹爹動着他龐大的手掌拍撫他：

"跑了一天！還不睏倦，快快睡吧！早早起來好上工！"

平兒在爹爹溫順的手下，感到委屈了！

"我挨打了！屁股疼。"

爹爹起來，在一個紙包裏取出一點紅色的藥粉給他塗擦破口的地方。

爹爹是老了！孩子還那樣小，趙三感到人活着沒有甚麼意趣了。第二天平兒去上工被辭退回來，趙三坐在廚房用穀草正織雞籠，他說：

“好啊！明天跟爹爹去賣雞籠吧！”

天將明他叫着孩子：

“起來吧，跟爹爹去賣雞籠。”

王婆把米飯用手打成堅實的糰子，進城的父子裝進衣袋去，算做午餐。

第一天賣出去的雞籠很少，晚間又都背着回來。王婆弄着米缸響：

“我説多留些米吃，你偏要賣出去……又吃甚麼呢？……又吃甚麼呢？”

老頭子把懷中的銅板給她，她説：

“不是今天沒有吃的，是明天呀？”

趙三説：“明天，那好説，明天多賣出幾個籠子就有了！”一個上午，十個雞籠賣出去了！只剩下三個大些的，堆在那裏。爹爹手心上數着票子，平兒在吃飯糰。

“一百枚還多着，我們該去喝碗豆腐腦來！”

他們就到不遠的那個布棚下，蹲在擔子旁吃着冒氣的食品。是平兒先吃，爹爹的那碗才正在上面倒醋。平兒對於這食品是怎麼新鮮呀！一碗豆腐腦是怎樣舒暢着平兒的小腸子呀！他的眼睛圓圓地把一碗豆腐腦吞食完了！

那個叫賣人説：“孩子再來一碗吧！”

爹爹驚奇着：“吃完了？”

那個叫賣人把勺子放下鍋去説：“再來一碗算半碗的錢吧！”

平兒的眼睛溜着爹爹把碗給過去。他喝豆腐腦作出大大的抽響來。趙三卻不那樣，他把眼光放在雞籠的地方，慢慢吃，慢慢吃終於也吃完了！他說：

"平兒，你吃不下吧？倒給我碗點。"

平兒倒給爹爹很少很少。給過錢爹爹去看守雞籠。平兒仍在那裏，孩子貪戀着一點點最末的湯水，頭仰向天，把碗扣在臉上一般。

菜市上買菜的人經過，若注意一下雞籠，趙三就說：

"買吧！僅是十個銅板。"

終於三個雞籠沒有人買，兩個分給爹爹，留下一個在平兒的背上突起着。經過牛馬市，平兒指嚷着：

"爹爹，咱們的青牛在那兒。"

大雞籠在背上盪動着，孩子去看青牛。趙三笑了，向那個賣牛人說：

"又出賣嗎？"

說着這話，趙三無緣的感到酸心。到家他向王婆說：

"方才看見那條青牛在市上。"

"人家的了，就別提了。"王婆整天地不耐煩。

賣雞籠漸漸的趙三會說價了；慢慢的坐在牆根他會招呼了，也常常給平兒買一兩塊紅綠的糖球吃。後來連飯糰也不用帶。

他弄些銅板每天交給王婆，可是她總不喜歡，就像無意之中把錢放起來。

二里半又給說妥一家，叫平兒去做小夥計。孩子聽了這話，就生氣。

"我不去，我不能，他們好打我呀！"平兒為了賣雞籠所迷戀："我還是跟爹爹進城。"

王婆絕對主張孩子去做小夥計。她説：

"你爹爹賣雞籠你跟着做甚麼？"

趙三説："算了吧，不去就不去吧。"

銅板興奮着趙三，半夜他也是織雞籠，他向王婆説：

"你就不好也來學學，一種營生呢！還好多織幾個。"

但是王婆仍是去睡，就像對於他織雞籠，懷着不滿似的，就像反對他織雞籠似的。

平兒同情着父親，他願意背雞籠，多背一個。爹爹説：

"不要背了！夠了！"

他又背一個，臨出門時他又找個小一點的提在手裏。爹爹問：

"你能拿動嗎？送回兩個去吧，賣不完啊！"

有一次從城裏割一斤肉回來，吃了一頓像樣的晚餐。

村中婦人羨慕王婆：

"三哥真能幹哩！把一條牛賣掉，不能再種糧食，可是這比種糧食更好，更能得錢。"

經過二里半門前，平兒把羅圈腿也領進城去。平兒向爹爹要了銅板給小朋友買兩片油煎饅頭。又走到敲鑼搭着小棚的地方去擠撞，每人花一個銅板看一看"西洋景"（街頭影戲）。那是從一個嵌着小玻璃鏡，只容一個眼睛的地方看進去，裏面有一張放大的畫片活動着。打仗的，拿着槍的，很快又換上一張別樣的。耍畫片的人一面唱；一面講：

"這又是一片洋人打仗。你看'老毛子'奪城，那真是嘩啦啦！打死的不知多少……"

羅圈腿嚷着看不清，平兒告訴他："你把眼睛閉起一個來！"

可是不久這就完了！從熱鬧的、孩子熱愛的城裏把他們又趕出來。平兒又被裝進這睡着一般的鄉村。原因，小雞初出卵的時節已經過去。家家把雞籠全預備好了。

平兒不願意跟着，趙三自己進城，減價出賣。後來折本賣。最後他也不去了。廚房裏雞籠靠牆高擺起來。這些東西從前會使趙三歡喜，現在會使他生氣。

平兒又騎在羊背上去牧羊。但是趙三是受了挫傷！

第五章　刑　罰

房後的草堆上，溫暖在那裏蒸騰起了。全個農村跳躍着泛濫的陽光。小風開始蕩漾田禾，夏天又來到人間，葉子上樹了！假使樹會開花，那麼花也上樹了！

房後草堆上，狗在那裏生產。大狗四肢在顫動，全身抖擻着。經過一個長時間，小狗生出來。

暖和的季節，全村忙着生產。大豬帶着成群的小豬喳喳的跑過，也有的母豬肚子那樣大，走路時快要接觸着地面，牠多數的乳房有甚麼在充實起來。

那是黃昏時候，五姑姑的姐姐她不能再延遲，她到婆婆屋中去說：

"找個老太太來吧！覺得不好。"

回到房中放下窗簾和幔帳。她開始不能坐穩，她把蓆子捲起來，就在草上爬行。收生婆來時，她乍望見這房中，她就把頭扭着。她說：

"我沒見過，像你們這樣大戶人家，把孩子還要生養到草上。'壓柴，壓柴，不能發財。'"

家中的婆婆把蓆下的柴草又都捲起來，土炕上揚起灰塵。光着身子的女人，和一條魚似的，她爬在那裏。

黃昏以後，屋中起着燭光。那女人是快生產了，她小聲叫號了一陣，收生婆和一個鄰居的老太婆架扶着她，讓她坐起來，在炕上微微的移動。可是罪惡的孩子，總不能生產，鬧着夜半過去，外面雞叫的時候，女人忽然苦痛得臉色灰白，臉色轉黃，全家人不能安定。為她開始預備葬衣，在恐怖的燭光裏四下翻尋衣裳，全家為了死的黑影所騷動。

赤身的女人，她一點不能爬動，她不能為生死再掙扎最後的一刻。天漸亮了。恐怖彷彿是僵屍，直伸在家屋。

五姑姑知道姐姐的消息，來了，正在探詢：

"不喝一口水嗎？她從甚麼時候起？"

一個男人撞進來，看形象是一個酒瘋子。他的半面臉紅而腫起，走到幔帳的地方，他吼叫："快給我的靴子！"

女人沒有應聲，他用手撕扯幔帳，動着他厚腫的嘴唇：

"裝死嗎？我看看你還裝不裝死！"

說着他拿起身邊的長煙袋來投向那個死屍。母親過來把他拖出去。每年是這樣，一看見妻子生產他便反對。

日間苦痛減輕了些，使她清明了！她流着大汗坐在幔帳中，忽然那個紅臉鬼，又撞進來，甚麼也不講，只見他怕人的手中舉起大水盆向着帳子拋來。最後人們拖他出去。

大肚子的女人，仍漲着肚皮，帶着滿身冷水無言的坐在那裏。她幾乎一動不敢動，她彷彿是在父權下的孩子一般怕着她的男人。

她又不能再坐住，她受着折磨，產婆給換下她着水的上衣。門響了她又慌張了，要有神經病似的。一點聲音不許她哼叫，受罪的女人，身邊若有洞，她將跳進去！身邊若有毒藥，她將吞下去。她仇視着一切，窗台要被她踢翻。她願意把自己的腿弄斷，宛如進了蒸籠，全身將被熱力所撕碎一般呀！

產婆用手推她的肚子：

"你再剛強一點，站起來走走，孩子馬上就會下來的，到了時候啦！"

走過一個時間，她的腿顫顫得可憐，患着病的馬一般，倒了下來。產婆有些失神色，她說："媳婦子怕要鬧事，再去找一個老太太來吧！"

五姑姑回家去找媽媽。

這邊孩子落產了，孩子當時就死去！用人拖着產婦站起來，立刻孩子掉在炕上，像投一塊甚麼東西在炕上響着。女人橫在血光中，用肉體來浸着血。

窗外，陽光灑滿窗子，屋內婦人為了生產疲乏着。

田莊上綠色的世界裏，人們灑着汗滴。

四月裏，鳥雀們也孵雛了！常常看見黃嘴的小雀飛下來，在簷下跳躍着啄食。小豬的隊伍逐漸肥起來，只有女人在鄉村夏季更貧瘦，和耕種的馬一般。

刑罰，眼看降臨到金枝的身上，使她短的身材，配着那樣大的肚子，十分不相稱。金枝還不像個婦人，仍和一個小女孩一般。但是肚子膨脹起了！很快做媽媽了，婦人們的刑罰快擒着她。

並且她出嫁還不到四個月，就漸漸會詛咒丈夫，漸漸感到男人是炎涼的人類！那正和別的村婦一樣。

坐在河邊沙灘上，金枝在洗衣服。紅日斜照着河水，對岸林子的倒影，隨逐着紅波模糊下去！

成業在後邊，站在遠遠的地方：

“天黑了呀！你洗衣裳，懶老婆，白天你做甚麼來？”

天還不明，金枝就摸索着穿起衣裳。在廚房，這大肚子的小女人開始弄得廚房蒸着氣。太陽出來，鏟地的工人捐着鋤頭回來。堂屋擠滿着黑黑的人頭，吞飯、吞湯的聲音，無紀律地在響。

中午又燒飯；晚間燒飯，金枝過於疲乏了！腿子痛得折斷一般。天黑下來臥倒休息一刻。在她迷茫中坐起來，知道成業回來了！努力掀起在睡的眼睛，她問：

“才回來？”

過了幾分鐘，她沒有得到答話。只看男人解脫衣裳，她知道又要挨罵了！正相反，沒有罵，金枝感到背後溫熱一些，男人努力低音向她說話：

“……”

金枝被男人朦朧着了！

立刻，那和災難一般，跟着快樂而痛苦追來了。金枝不能燒飯。村中的產婆來了！她在炕角苦痛着臉色，她在那裏受着刑罰，王婆來幫助她把孩子生下來。王婆搖着她多經驗的頭顱：“危險，昨夜你們必定是不安着的。年輕甚麼也不曉得，肚子大了，是不許那樣的。容易喪掉性命！"

十幾天後金枝又行動在院中了！小金枝在屋中哭喚她。

牛或是馬在不知覺中忙着栽培自己的痛苦。夜間乘涼的時候，可以聽見馬或是牛棚做出異樣的聲音來。牛也許是為了自己的妻子而角鬥，從牛棚撞出來了。木杆被撞掉，狂張着，成業去拾了耙子猛打瘋牛，於是又安然被趕回棚裏。

在鄉村，人和動物一起忙着生，忙着死……

二里半的婆子和李二嬸子在地端相遇。

"啊呀！你還能彎下腰去？"

"你怎麼樣？"

"我可不行了呢？"

"你甚麼時候的日子？"

"就是這幾天。"

外面落着毛毛雨。忽然二里半的家屋吵叫起來！傻婆娘一向生孩子是鬧慣了的，她大聲哭，她怨恨男人：

"我說再不要孩子啦！沒有心肝的，這不都是你的嗎？我算死在你身上！"

惹得老王婆扭着身子閉住嘴笑。過了一會傻婆娘又滾轉着高聲嚷叫：

"肚子疼死了，拿刀快把我肚子給割開吧！"

吵叫聲中看得見孩子的圓頭頂。

在這時候，五姑姑變青臉色，走進門來，她似乎不會説話，兩手不住的扭絞：

"沒有氣了！小產了，李二嬸子快死了呀！"

王婆就這樣丟下麻面婆趕向打魚村去。另一個產婆來時，麻面婆的孩子已在土炕上哭着。產婆洗着剛會哭的小孩。

等王婆回來時，窗外牆根下，不知誰家的豬也正在生小豬。

五月節來臨，催逼着兩件事情發生：王婆服毒，小金枝慘死。

彎月如同彎刀刺上林端。王婆散開頭髮，她走向房後柴欄，在那兒她輕開籬門。柴欄外是墨沉沉的靜甜的，微風不敢驚動這墨色的夜面；黃瓜爬上架了！玉米響着雄寬的葉子，沒有蛙鳴，也少蟲聲。

王婆披着散髮，幽魂一般的，跪在柴草上，手中的杯子放到嘴邊。一切湧上心頭，一切誘惑她。她平身向草堆倒臥過去。被悲哀淘淘着大哭了。

趙三從睡牀上起來，他甚麼都不清楚，柴欄裏，他帶點憤怒對待王婆：

"為甚麼？在發瘋！"

他以為她是悶着氣到柴欄去哭。

趙三撞到草中的杯子了，使他立刻停止一切思維。他跑到屋中，燈光下，發現黑色濃重的液體東西在杯底。他先用手拭一拭，再用舌頭拭一拭，那是苦味。

"王婆服毒了！"

次晨村中嚷着這樣的新聞。村人淒靜的斷續的來看她。

趙三不在家，他跑出去，亂墳崗子上，給她尋個位置。

亂墳崗子活人為死人掘着坑子了，坑子深了些，二里半先跌下去。下層的濕土，翻到坑子旁邊，坑子更深了！大了！幾個人都跳下去，鏟子不住的翻着，坑子埋過人腰。外面的土堆漲過人頭。

墳場是死的城廓，沒有花香，沒有蟲鳴，即使有花，即使有蟲，那都是唱奏着別離歌，陪伴着說不盡的死者永久的寂寞。

亂墳崗子是地主施捨給貧苦農民們死後的住宅。但活着的農民，常常被地主們驅逐，使他們提着包袱，提着小孩，從破房子再走進更破的房子去。有時被逐着在馬棚裏借宿。孩子們哭鬧着馬棚裏的媽媽。

趙三去進城，突然的事情打擊着他，使他怎樣柔弱呵！遇見了打魚村進城賣菜的車子，那個驅車人麻麻煩煩的講一些：「菜價低了，錢貼毛荒。糧食也不值錢。」

那個車夫打着鞭子，他又說：

「只有布匹貴，鹽貴。慢慢一家子連鹹鹽都吃不起啦！地租是增加，還叫老莊活不活呢？」趙三跳上車，低了頭坐在車尾的轅邊。兩條衰乏的腿子，凄涼的掛下，並且搖盪。車輪在轍道上哐啷的牽響。

城裏，大街上擁擠着了！菜市過量的紛嚷。圍着肉舖，人們吵架一般。忙亂的叫賣童，手中花色的葫蘆，隨着空氣而跳盪，他們為了「五月節」而瘋狂。

趙三他甚麼也沒看見，好像街上的人都沒有了！好像街是空街。但是一個小孩跟在後面：

"過節了，買回家去，給小孩玩吧！"

趙三聽見這話，那個賣葫蘆的孩子，好像自己不是孩子，自己是大人了一般，他追逐。

"過節了，買回家去，給小孩玩吧！"

柳條枝上各色花樣的葫蘆好像一些被繫住的蝴蝶，跟住趙三在後面跑。

一家棺材舖，紅色的，白色的，門口擺了多多少少，他停在那裏。孩子也停止追逐。

一切都準備好！棺材停在門前，掘坑的鏟子停止翻揚了！

窗子打開，使死者見一見最後的陽光。王婆跳突着胸口，微微尚有一點呼吸，明亮的光線照拂着她素靜的打扮。已經為她換上一件黑色棉褲和一件淺色短單衫。除了臉是紫色，臨死她沒有甚麼怪異的現象，人們吵嚷説：

"抬吧！抬她吧！"

她微微尚有一點呼吸，嘴裏吐出一點點白沫，這時候她已經被抬起來了。外面平兒急叫：

"馮丫頭來了！馮丫頭！"

母女相逢太遲了！母女們永遠不會再相逢了！那個孩子手中提了小包袱，慢慢慢慢走到媽媽面前。她細看一看，她的臉孔快要接觸到媽媽臉孔的時候，一陣清脆的爆裂的聲浪嘶叫開來。她的小包袱滾滾着落地。

四圍的人，眼睛和鼻子感到酸楚和濕浸。誰能止住被這小女孩喚起的難忍的酸痛而不哭呢？不相關連的人混同着女孩哭她的母親。

　　其中新死去丈夫的寡婦哭得最厲害，也最哀傷。她幾乎完全哭着自己的丈夫，她完全幻想是坐在她丈夫的墳前。

　　男人們嚷叫："抬呀！該抬了。收拾妥當再哭！"

　　那個小女孩感到不是自己家，身邊沒有一個親人，她不哭了。

　　服毒的母親眼睛始終是張着，但她不認識女兒，她甚麼也不認識了！停在廚房板塊上，口吐白沫，她心坎尚有一點微微跳動。

　　趙三坐在炕沿，點上煙袋。女人們找一條白布給女孩包在頭上，平兒把白帶束在腰間。

　　趙三不在屋的時候，女人們便開始問那個女孩：

　　"你姓馮的那個爹爹多咱死的？"

　　"死兩年多。"

　　"你親爹呢？"

　　"早回山東了！"

　　"為甚麼不帶你們回去？"

　　"他打娘，娘領着哥哥和我到了馮叔叔家。"

　　女人們探問王婆舊日的生活，她們為王婆感動。那個寡婦又說：

　　"你哥怎不來？回家去找他來看看娘吧！"

　　包白頭的女孩，把頭轉向牆壁，小臉孔又爬着眼淚了！她努力咬住嘴唇，小嘴唇偏張開，她又張着嘴哭了！接受女人們的溫暖使她大膽一點，走到娘的近邊，緊緊捏住娘的冰寒手指，又用手給媽媽抹擦唇上的泡沫。小心地只為母親所驚擾，她帶來的包袱踏在腳下。女人們又說：

"家去找哥哥來看看你娘吧！"

一聽說哥哥，她就要大哭，又勉強止住。那個寡婦又問：

"你哥哥不在家嗎？"

她終於用白色的包頭布攔絡住臉孔大哭起來了。借了哭勢，她才敢說哥哥：

"哥哥前天死了呀，官項捉去槍斃的。"

包頭布從頭上扯掉。孤獨的孩子癲癇着一般用頭搖着母親的心窩哭：

"娘呀⋯⋯娘呀⋯⋯"

她再怎麼也不會哭訴，她還小呢！

女人們彼此說："哥哥多久死的？怎麼都沒聽⋯⋯"

趙三的煙袋出現在門口，他聽清楚她們議論王婆的兒子。趙三曉得那小子是個"紅鬍子"。怎樣死的，王婆服毒不是聽說兒子槍斃才自殺的嗎？這只有趙三曉得。他不願意叫別人知道，老婆自殺還關聯着某個匪案，他覺得當土匪無論如何有些不光明。

搖起他的煙袋來，他僵直的空的聲音響起，用煙袋催着女孩：

"你走好啦！她已死啦！沒有甚麼看的，你快走回你家去！"

小女孩被爹爹拋棄，哥哥又被槍斃了，帶來包袱和媽媽同住，媽媽又死了，媽媽不在，讓她和誰生活呢？

她昏迷地忘掉包袱，只頂了一塊白布，離開媽媽的門庭。離開媽媽的門庭，那有點像丟開她的心讓她遠走一般。

趙三因為他年老。他心中裁判着年青人：

"私姘婦人，有錢可以，無錢怎麼也去姘？沒見過。到過節，那個淫婦無法過節，使他去搶，年青人就這樣喪掉性命。"

當他看到也要喪命的自己的老婆的時候，他非常仇恨那個槍斃的小子。當他想起去年冬天，王婆借來老洋炮的那回事。他又佩服人了：

"久當鬍子哩！不受欺侮哩！"

婦人們燃柴，鍋漸漸冒氣。趙三捻着煙袋他來回踱走。過一會他看看王婆仍多多少少有一點氣息，氣息仍不斷絕。他好像為了她的死等待得不耐煩似的，他睏倦了，依着牆瞌睡。

長時間死的恐怖，人們不感到恐怖！人們集聚着吃飯，喝酒，這時候王婆在地下作出聲音，看起來，她紫色的臉變成淡紫。人們放下杯子，說她又要活了吧？

不是那樣，忽然從她的嘴角流出一些黑血，並且她的嘴唇有點像是起動，終於她大吼兩聲，人們瞪住眼睛說她就要斷氣了吧！

許多條視線圍着她的時候，她活動着想要起來了！人們驚慌了！女人跑在窗外去了！男人跑去拿挑

水的扁擔。說她是死屍還魂。

喝過酒的趙三勇猛着：

"若讓她起來，她會抱住小孩死去，或是抱住樹，就是大人她也有力量抱住。"

趙三用他的大紅手貪婪着把扁擔壓過去。扎實的刀一般的切在王婆的腰間。她的肚子和胸膛突然增漲，像是魚泡似的。她立刻眼睛圓起來，像發着電光。她的黑嘴角也動了起來，好像說話，可是沒有說話，血從口腔直噴，射了趙三的滿單衫。趙三命令那個人：

"快輕一點壓吧！弄得滿身血。"

王婆就算連一點氣息也沒有了！她被裝進等在門口的棺材裏。

後村的廟前，兩個村中無家可歸的老頭，一個打着紅燈籠，一個手提水壺，領着平兒去報廟。繞廟走了三周，他們順着毛毛的行人小道回來，老人唸一套成譜調的話，紅燈籠伴了孩子頭上的白布，他們回家去。平兒一點也不哭，他只記得住那年媽媽死的時候不也是這樣報廟嗎？

王婆的女兒卻沒能回來。

王婆的死信傳遍全村，女人們坐在棺材邊大大的哭起！扭着鼻涕，號啕着：哭孩子的，哭丈夫的，哭自己命苦的，總之，無管有甚麼冤屈都到這裏來送了！村中一有年歲大的人死，她們，女人之群們，就這樣做。

將送棺材上墳場！要釘棺材蓋了！

王婆終於沒有死，她感到寒涼，感到口渴，她輕
輕說：

"我要喝水！"

但她不知道，她是睡在甚麼地方。

趣味重溫（1）

一、你明白嗎？

1. 五月節即（   ），除了吃粽子、划龍舟等傳統習俗外，東北鄉村還有（   ）的風俗？
   - a. 清明節
   - b. 端午節
   - c. 浴佛節
   - d. 掛葫蘆
   - e. 放河燈
   - f. 祭亡靈

2. 一貫逆來順受的農民，在面對欺壓時，也曾有過兩次自發的反抗與掙扎。第一次是反抗地主加租，成立了（   ）；第二次是反抗日軍的侵略，成立了（   ）。

3. 在鄉村，動物與人們的生活是緊密相關的，以下人物都與動物有一段故事，試將這些人物和事件連線搭配。

王婆	趕小馬拉石磙
趙三	尋找丟失的山羊
平兒	賣青牛賠償傷者
二里半	賣雞維持生計
金枝的母親	將老馬送進屠場

二、想深一層

1. 大量修辭手法的運用，是蕭紅小說的一大特點，請閱讀以下句子，想想它們都採用了哪些修辭手法。

   > 借代　　擬人　　擬物　　誇張　　明喻　　暗喻　　排比

a. 太陽走在雲後，那過於豔明，像紅色的水晶，像紅色的夢。

（　　　）

b. 羅圈腿臉累得漲紅，和倭瓜一般紅。（　　　）

c. 黃豆秧和揉亂的頭髮一樣蓬蓬在地面。（　　　）

d. 廢田患着病似的，短草在那婆婆的腳下不愉快的沒有彈力的被踏過。（　　　）

e. 只有女人在鄉村夏季更貧瘦，和耕種的馬一般。（　　　）

f. 全個田間，一個大火球在那裏滾轉。（　　　）

2. 鄰居的孩子們為甚麼會說老王婆是一頭 "貓頭鷹" ？　　　（　　　）

a. 她的樣子非常兇狠

b. 她喜歡在夜間活動

c. 她的性格十分殘暴

d. 她的眼青而圓聲音粗嘎

3. 主人用鞭子打了老馬，但是牠並不暴跳，為甚麼？　　　（　　　）

a. 由於年邁體衰不能反抗

b. 習慣了主人一貫的打罵

c. 為了保護小馬不受責罰

d. 害怕反抗會被主人賣掉

4. 母親為甚麼不願意讓金枝嫁給成業？　　　（　　　）

a. 她嫌棄成業家裏太窮

b. 她覺得成業人品不佳

    c. 她認為成業家聲名狼藉

    d. 她給女兒另選了好人家

5. 王婆服毒的原因是？   （   ）

    a. 趙三經常打她

    b. 她被疾病纏身

    c. 家裏斷了生計

    d. 她的兒子死了

6. 鄉村女子的命運非常悲慘，尤其是在嫁人以後，所承受的痛苦更多。試比較書中幾個婦女婚前婚後的外貌和心態，想想產生如此巨大變化的原因。

人物	婚前	婚後	原因
月英	月英是打魚村最美丽的女人。生就的一對多情的眼睛，好比落到綿絨中那樣愉快和溫暖。	她的眼睛，白眼珠完全變綠，整齊的一排前齒也完全變綠，她的頭髮燒焦了似的，緊貼住頭皮。	疾病的折磨；丈夫的虐待。
金枝	她長得好看哩！她有一雙亮油油的黑辮子。	a	b
福發的女人	可是我心也不害怕，我歡喜給你叔叔做老婆。	c	d

三、延伸思考

1. "鄉村的母親們對於孩子們永遠和對敵人一般。當孩子把爹爹的棉帽偷着戴起跑出去的時候,媽媽追在後面打罵着奪回來,媽媽們摧殘孩子永久瘋狂着。"母親熱愛子女本是天性,為何鄉村裏的母親卻將孩子們當成敵人來對待呢?

_____

_____

_____

_____

_____

_____

2. 蕭紅雖然生前就才名卓著,但是幾十年來她的作品卻流傳不廣。近些年來,"蕭紅熱"才讓大家慢慢地開始熟悉她。為甚麼蕭紅會由"冷"變"熱"?你還讀過她的哪些作品?你還知道其他像蕭紅這樣"先冷後熱"的作家嗎?

_____

_____

_____

_____

_____

_____

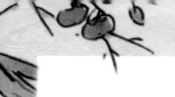

小專題二

掙扎在生死邊緣的鄉村婦女

　　《生死場》是蕭紅的成名作，小説通過描寫"九‧一八"事變前後東北一個村莊裏人們的生產、生殖和人倫關係，寫出了生命的卑賤、貧困、疾病和死亡；人性的柔弱、蒙昧和反抗。魯迅先生為之作序並稱它是"北方人民的對於生的堅強，對於死的掙扎"的一幅"力透紙背"的圖畫。

　　在這部小説中，蕭紅將目光和筆觸投向生活在最底層的鄉村貧苦婦女，通過與女性生活密切相關的兩種體驗——"生育"與"死亡"，反映她們時刻在生死邊緣掙扎的生存狀態，生動地刻畫了當時鄉村婦女的悲慘命運。

　　《生死場》中對女性的"生"與"死"的描寫是純動物性的、純身體性的感受。"生"就是生活與生育，它與"死"一樣是女性必須面對的可怖事實，在這裏，"生育"既不"偉大"也不"崇高"，只是日常生理的需要。在無節制、無保障的生育面前，年輕的生命一個個倒下去。就像專門接生的王婆説的："這莊上的誰家養小孩，一遇到孩子不能養下來，我就去拿着鈎子，也許用那個掘菜的刀子，把孩子從娘的肚裏硬撐出來。孩子死不算一回事。"

　　除了"生"與"死"，蕭紅還以身體的"畸"來展現鄉村女性可悲的生存狀態，小説中充溢着受病痛折磨所致的身體變形，以及死亡的毀形等種種可怕之處。比如"從前打魚村最美麗的女人"——月

英，"她是如此溫和，從不聽她高聲笑過，或是高聲吵嚷，生就的一對多情的眼睛，每個人接觸她的眼光，好比落到綿絨中那樣愉快和溫暖。"她在癱瘓之後卻受盡丈夫的折磨，變成了可怕的怪物："她的眼睛，白眼珠完全變綠，整齊的一排前齒也完全變綠，她的頭髮燒焦了似的，緊貼住頭皮。她像一頭患病的貓兒，孤獨而無望。"這樣一個美麗溫和的女子，最終因生病而被丈夫摧殘致死。

雖然同處在社會的最底層，但是相對於男人而言，婦女們則處在更殘酷的地位，如果鄉村男人們的生存境遇如同奴隸的話，那麼鄉村婦女的生存境遇就是"奴隸的奴隸"。她們作為男人泄慾的對象和生育後代的機器而生，又在渾渾噩噩的狀態下受盡摧殘與折磨而死，如此無限輪迴。在當時的社會環境中，深受中國幾千年來父權制、夫權制的思想影響，女性的生存境遇是不可能改變的，永遠是處在被侮辱、受傷害的地位。

夏志清先生曾説："《生死場》把中國古態農村刻畫之深刻，實在勝過魯迅的《吶喊》《彷徨》。"《生死場》無疑就是一部掙扎在生死邊緣的鄉村婦女的"彷徨"與"吶喊"。

第六章　死　滅

　　五月節了，家家門上掛起葫蘆。二里半那個傻婆子屋裏有孩子哭着，她卻蹲在門口拿刷馬的鐵耙子給羊刷毛。

　　二里半跛着腳。過節，帶給他的感覺非常愉快。他在白菜地裏看見白菜被蟲子吃倒幾棵。若在平日他會用短句咒罵蟲子，或是生氣把白菜用腳踢着。但是現在過節了，他一切愉快着，他覺得自己是應該愉快。走在地邊他看一看柿子還沒紅，他想摘幾個柿子給孩子吃吧！過節了！

　　全村表示着過節，菜田和麥地，無管甚麼地方都是靜靜的，甜美的。蟲子們也彷彿比平日會唱了些。

　　過節渲染着整個二里半的靈魂。他經過家門沒有進去，把柿子扔給孩子又走了！他要趁着這樣愉快的日子會一會朋友。

　　左近鄰居的門上都掛了紙葫蘆，他經過王婆家，那個門上擺盪着的是綠的葫蘆。再走，就是金枝家。金枝家，門外沒有葫蘆，門裏沒有人了！二里半張望好久：孩子的尿布在鍋灶旁被風吹着，飄飄的在浮游。

　　小金枝來到人家才夠一個月，就被爹爹摔死了：嬰兒為甚麼來到這樣的人間？使她帶了怨悒回去！僅僅是這樣短促呀！僅僅是幾天的小生命！

　　小小的孩子睡在許多死人中，她不覺得害怕嗎？

媽媽走遠了！媽媽啜泣聲不見了！

天黑了！月亮也不來為孩子做伴。

五月節的前些日子，成業總是進城跑來跑去。家來和妻子吵打。他說：

“米價落了！三月裏買的米現在賣出去折本一小半。賣了還債也不足，不賣又怎能過節？”並且他漸漸不愛小金枝，當孩子夜裏把他吵醒的時候，他說：

“拚命吧！鬧死吧！”

過節的前一天，他家甚麼也沒預備，連一斤麵粉也沒買。燒飯的時候豆油罐子甚麼也倒流不出。

成業帶着怒氣回家，看一看還沒有燒菜。他厲聲嚷叫：

“啊！像我……該餓死啦，連飯也沒得吃……我進城……我進城。”

孩子在金枝懷中吃奶。他又說：

“我還有好的日子嗎？你們累得我，使我做強盜都沒有機會。”

金枝垂了頭把飯擺好，孩子在旁邊哭。

成業看着桌上的鹹菜和粥飯，他想了一刻又不住的說起：

“哭吧！敗家鬼，我賣掉你去還債。”

孩子仍哭着，媽媽在廚房裏，不知是掃地，還是收拾柴堆。爹爹發火了：

“把你們都一塊賣掉，要你們這些吵家鬼有甚麼用……”

廚房裏的媽媽和火柴一樣被燃着：

"你像個甚麼？回來吵打，我不是你的冤家，你會賣掉，看你賣吧！"

爹爹飛着飯碗！媽媽暴跳起來。

"我賣，我摔死她吧！……我賣甚麼！"

就這樣小生命被截止了。

王婆聽説金枝的孩子死，她要來看看，可是她只扶了杖子立起來又倒臥下來。她的腿骨被毒質所侵還不能行走。

年青的媽媽過了三天她到亂崗子去看孩子。但那能看到甚麼呢？被狗扯得甚麼也沒有。

成業他看到一堆草染了血，他幻想是捆小金枝的草吧！他倆背向着流過眼淚。

亂崗子不知曬乾多少悲慘的眼淚？永年悲慘的地帶，連個烏鴉也不落下。

成業又看見一個墳窟，頭骨在那裏重見天日。

走出墳場，一些棺材，墳堆，死寂死寂的印象催迫着他們加快着步子。

她的女兒來了！王婆的女兒來了！

王婆能夠拿着魚竿坐在河沿釣魚了！她臉上的紋摺沒有甚麼增多或減少，這證明她依然沒有甚麼變動，她還必須活下去。

晚間河邊蛙聲震耳。蚊子從河邊的草叢出發，嗡聲喧鬧的陣伍，迷漫着每個家庭。日間太陽也炎熱起來！太陽燒上人們的皮膚，夏天，田莊上人們怨恨太陽和怨恨一個惡毒的暴力者一般。全個田間，一個大

火球在那裏滾轉。

但是王婆永久歡迎夏天。因為夏天有肥綠的葉子，肥的園林，更有夏夜會喚起王婆詩意的心田，她該開始向着夏夜述說故事。今夏她甚麼也不說了！她偎在窗下和睡了似的，對向幽邃的天空。

蛙鳴震碎人人的寂寞；蚊蟲騷擾着不能停息。

這相同平常的六月，這又是去年割麥的時節。王婆家今年沒種田。她更憂傷而消默了！當舉着釣竿經過作浪的麥田時，她把竿頭的繩線繞起來，她仰了頭望着高空，就這樣睬也不睬地經過麥田。

王婆的性情更惡劣了！她又酗酒起來。她每天釣魚。全家人的衣服她不補洗，她只每夜燒魚，吃酒，吃得醉瘋瘋地，滿院，滿屋地旋走；她漸漸要到樹林裏去旋走。

有時在酒杯中她想起從前的丈夫；她痛心看見來在身邊孤獨的女兒，總之在喝酒以後她更愛煩想。

現在她近於可笑，和石塊一般沉在院心，夜裏她習慣於在院中睡覺。

在院中睡覺被蚊蟲迷繞着，正像螞蟻群拖着已腐的蒼蠅。她是再也沒有心情了吧！再也沒有心情生活！

王婆被蚊蟲所食，滿臉起着雲片，皮膚腫起來。

王婆在酒杯中也回想着女兒初來的那天，女兒橫在王婆懷中：

"媽呀！我想你是死了！你的嘴吐着白沫，你的手指都涼了呀！……哥哥死了，媽媽也死了，讓我到哪裏去討飯吃呀！……他們把我趕出時，帶來的包袱都忘了啦，我哭……哭昏啦……媽媽，他們壞心腸，他們不叫我多看你一刻……”

後來孩子從媽媽懷中站起來時，她說出更有意義的話：

“我恨死他們了！若是哥哥活着，我一定告訴哥哥把他們打死。”

最後那個女孩，拭乾眼淚說：

“我必定要像哥哥，……”

說完她咬一下嘴唇。

王婆思想着女孩怎麼會這樣烈性呢？或者是個中用的孩子？

王婆忽然停止酗酒，她每夜，開始在林中教訓女兒，在靜的林裏，她嚴峻地說：

“要報仇。要為哥哥報仇，誰殺死你的哥哥？”

女孩子想：“官項殺死哥哥的。”她又聽媽媽說：

“誰殺死哥哥，你要殺死誰，……”

女孩子想過十幾天以後，她向媽媽躊躇着：

“是誰殺死哥哥？媽媽明天領我去進城，找到那個仇人，等後來甚麼時候遇見他我好殺死他。”

孩子說了孩子話，使媽媽笑了！使媽媽心痛。

王婆同趙三吵架的那天晚上，南河的河水漲出了河牀。南河沿嚷着：“漲大水啦！漲大水啦！”

人們來往在河邊，趙三在家裏也嚷着：“你快叫她走，她不是我家的孩子，你的崽子我不招留。快！”

第二天家家的麥子送上麥場。第一割麥，人們要吃一頓酒來慶祝。趙三第一年不種麥，他家是靜悄悄的。有人來請他，他坐到別人歡説着的酒桌前，看見別人歡説，看見別人收麥，他紅色的大手在人前窘迫着了！不住的胡亂的扭攪，可是沒有人注意他，種麥人和種麥人彼此談話。

河水落了卻帶來眾多的蚊蟲。夜裏蛤蟆的叫聲，好像被蚊子的嗡嗡壓住似的。

日間蚊群也是忙着飛。只有趙三非常啞默。

亂崗子，死屍狼藉在那裏。無人掩埋，野狗活躍在屍群裏。

太陽血一般昏紅；從朝至暮蚊蟲混同着朦霧充塞天空。高粱，玉米和一切菜類被人丟棄在田圃，每個家庭是病的家庭。是將絕滅的家庭。

全村靜悄了。植物也沒有風搖動它們。一切沉浸在霧中。

趙三坐在南地端出賣五把新鐮刀。那是組織"鐮刀會"時剩下的。他正看着那傷心的遺留物，村中的老太太來問他：

"我説……天象，這是甚麼天象？要天崩地陷了。老天爺叫人全死嗎？噯……"

老太婆離去趙三，曲背立即消失在霧中，她的語聲也像隔遠了似的：

"天要滅人呀！……老天早該滅人啦！人世盡是強盜、打仗、殺害，這是人自己招的罪……"

漸漸遠了！遠處聽見一個驢子在號叫，驢子號叫在水溝嗎？

甚麼也看不見，只能聽聞：那是，二里半的女人作嘎的不愉悅的聲音來近趙三。趙三為着鐮刀所煩惱，他坐在霧中，他用煩惱的心思在忌恨鐮刀，他想：

"青牛是賣掉了！麥田沒能種起來。"

那個婆子向他說話，但他沒有注意到。那個婆子被腳下的土塊跌倒，她起來慌張着，在霧層中看不清她怎樣張惶。她的音波織起了網狀的波紋，和老大的蚊音一般：

"三哥，還坐在這裏！家怕是有'鬼子'來了，就連小孩子，'鬼子'也要給打針，你看我把孩子抱出來，就是孩子病死也甘心，打針可不甘心。"

麻面婆離開趙三去了！抱着她未死的、連哭也不會哭的孩子沉沒在霧中。

太陽變成暗紅色的放大而無光的圓輪，當在人頭。昏茫的村莊埋着天然災難的種子，漸漸種子在滋生。

傳染病和放大的太陽一般勃發起來，茂盛起來！

趙三踏着死蛤蟆走路；人們抬着棺材在他身邊暫時現露而滑過去！一個歪斜面孔的小腳女人跟在後面，她小小的聲音哭着。又聽到驢子叫，不一會驢子閃過去，背上馱着一個重病的老人。

西洋人，人們叫他"洋鬼子"，身穿白外套，第二天霧退時，白衣女人來到趙三的窗外，她嘴上掛着白囊，說起難懂的中國話：

"你的，病人的有？我的治病好，來。快快的。"

那個老的胖一些的，動一動鬍子，眼睛胖得和豬一般，把頭探着窗子望。

趙三慌說沒有病人，可是終於給平兒打針了！

"老鬼子"向那個"小鬼子"説話，嘴上的白囊一動一動的。管子，藥瓶和亮刀從提包傾出，趙三去井邊提一壺冷水。那個"鬼子"開始擦他通孔的玻璃管。

平兒被停在窗前的一塊板上，用白布給他蒙住眼睛。隔院的人們都來看着，因為要曉得鬼子怎樣治病，"鬼子"治病究竟怎樣可怕。

玻璃管從肚臍一寸的地方插下，五寸長的玻璃管只有半段在肚皮外閃光。於是人們捉緊孩子，使他仰臥不得搖動。"鬼子"開始一個人提起冷水壺，另一個對準那個長長的橡皮管頂端的漏水器。看起來"鬼子"像修理一架機器。四面圍觀的人好像有歎氣的，好像大家一起在縮肩膀。孩子只是作出"呀！呀"的短叫，很快一壺水灌完了！最後在滾漲的肚子上擦一點黃色藥水，用小剪子剪一塊白綿貼在破口。就這樣白衣"鬼子"提了提包輕便的走了！又到別人家去。

又是一天晴朗的日子，傳染病患到絕頂的時候！女人們抱着半死的小孩子，女人們始終懼怕打針，懼怕白衣的"鬼子"用水壺向小孩子肚裏灌水。她們不忍看那腫脹起來奇怪的肚子。惡劣的傳聞佈遍着。

"李家的全家死了！""城裏派人來檢查，有病象的都用車子拉進城去，老太婆也拉進城去，孩子也拉，拉去打藥針。"

人死了聽不見哭聲，靜悄地抬着草捆或是棺材向着亂墳崗子走去，接接連連的，不斷……

過午二里半的婆子把小孩送到亂墳崗子去！她看到別的幾個小孩有的頭髮蒙住白臉，有的被野狗拖斷了四肢，也有幾個好好的睡在那裏。

野狗在遠的地方安然的嚼着碎骨發響。狗感到滿足，狗不再為着追求食物而瘋狂，也不再獵取活人。

平兒整夜嘔着黃色的水，綠色的水，白眼珠滿織着紅色的絲紋。

趙三喃喃着走出家門，雖然全村的人死了不少，雖然莊稼在那裏衰敗，鐮刀他卻總想出賣，鐮刀放在家裏永久刺着他的心。

第七章　年　輪

十年前村中的山，山下的小河，而今依舊似十年前，河水靜靜的在流，山坡隨着季節而更換衣裳；大片的村莊生死輪迴着和十年前一樣。

屋頂的麻雀仍是那樣繁多。太陽也照樣暖和。山下有牧童在唱童謠，那是十年前的舊調：〝秋夜長，秋風涼，誰家的孩兒沒有娘，誰家的孩兒沒有娘，……月亮滿西窗。〞

甚麼都和十年前一樣，王婆也似沒有改變，只是平兒長大了！平兒和羅圈腿都是大人了！

王婆被涼風飛着頭髮，在離牆外遠聽從山坡傳來的童謠。

雪天裏，村人們永沒見過的旗子飄揚起，升上天空！

全村寂靜下去，只有日本旗子在山崗臨時軍營前，振盪的響着。

村人們在想：這是甚麼年月？中華國改了國號嗎？

宣傳〝王道〞的旗子來了！帶着塵煙和騷鬧來的。寬宏的樹夾道，汽車鬧囂着了！

田間無際限的淺苗湛着青色。但這不再是靜穆的村莊，人們已經失去了心的平衡。草地上汽車突起着飛塵跑過，一些紅色綠色的紙片播着種子一般落下來。小茅房屋頂有花色的紙片在起落。附近大道旁的枝頭掛住紙片，在飛舞嘶鳴。從城裏出發的汽車又追蹤着馳來。車上站着威風飄揚的日本人，高麗人，也站着揚威的中國人。車輪突飛的時候，車上每人手中的旗子擺擺有聲，車上的人好像生了翅膀齊飛過去。那一些舉着日本旗子作出媚笑模樣的人，消失在道口。

那一些"王道"的書篇飛到山腰去，河邊去……

王婆立在門前，二里半的山羊垂下牠的鬍子。老羊輕輕走過正在繁茂的樹下。山羊不再尋甚麼食物，牠睏倦了！牠過於老，全身變成土一般的毛色。牠的

眼神模糊好像垂淚似的。山羊完全幽默和可憐起來；拂擺着長鬍子走向窪地。

對着前面的窪地，對着山羊，王婆追蹤過去痛苦的日子。她想把那些日子捉回，因為今日的日子還不如昨日。窪地沒人種，上崗那些往日的麥田荒亂在那裏。她在傷心的追想。

日本飛機拖起狂大的嗡鳴飛過，接着天空翻飛着紙片。一張紙片落在王婆頭頂的樹枝，她取下看了看丟在腳下。飛機又過去時留下更多的紙片。她不再理睬一下那些紙片，丟在腳下來回的亂踏。

過了一會，金枝的母親經過王婆，她手中捉住兩隻公雞，她問王婆說：

"日子算是沒法過了！可怎麼過？就剩兩隻雞，還得快快去賣掉！"

王婆問她："你進城去賣嗎？"

"不進城誰家肯買？全村也沒有幾隻雞了！"

她向王婆耳語了一陣：

"日本子惡得很！村子裏的姑娘都跑空了！年青的媳婦也是一樣。我聽說王家屯一個十三歲的小丫頭叫日本子弄去了！半夜三更弄走的。"

"歇一歇再走吧！"王婆說。

她倆坐在樹下。大地上的蟲子並不鳴叫，只是她倆慘淡而憂傷的談着。

公雞在手下不時振動着膀子。太陽有點正中了！樹影做成圓形。

村中添設出異樣的風光，日本旗子，日本兵。人們開始講究這一些：“王道”啦！日“滿”親善啦！快有“真龍天子”啦！

在“王道”之下，村中的廢田多起來，人們在廣場上憂鬱着徘徊。

那老婆說到最後：“我這些年來，都是養雞，如今連個雞毛也不能留，連個‘啼明’的公雞也不讓留下。這是甚麼年頭……”

她震動一下袖子，有點癲狂似的，她立起來，踏過前面一塊不耕的廢田，廢田患着病似的，短草在那婆婆的腳下不愉快的沒有彈力的被踏過。

走得很遠，仍可辨出兩隻公雞是用那個掛下的手提着，另外一隻手在面部不住的抹擦。

王婆睡下的時候，她聽見遠處好像有女人尖叫。打開窗子聽一聽……

再聽一會警笛囂叫起來，槍鳴起來，遠處的人家闖入甚麼魔鬼了嗎？

“你家有人沒有？”

當夜日本兵，中國警察搜遍全村。這是搜到王婆家。她回答：

“有甚麼人？沒有。”

他們掩住鼻子在屋中轉了一個彎出去了。手電燈發青的光線亂閃着，臨走出門欄，一個日本兵在銅帽子下面說中國話：

“也帶走她。”

“怎麼也帶女人嗎？”她想，“女人也要捉去槍斃嗎？”

"誰稀罕她，一個老婆子！"那個中國警察説。

中國人都笑了！日本人也瞎笑。可是他們不曉得這話是甚麼意思，別人笑，他們也笑。

真的，不知他們牽了誰家的女人，曲背和豬一般被他們牽走。在稀薄亂動的手電燈綠色的光線裏面，分辨不出這女人是誰！

還沒走出欄門，他們就調笑那個女人。並且由王婆看見那個日本"銅帽子"的手在女人的屁股上急忙的爬了一下。

王婆以為又是假裝搜查到村中捉女人，於是她不想到甚麼惡劣的事情上去，安然的睡了！趙三那老頭子也非常老了！他回來沒有驚動誰也睡了！

過了夜，日本憲兵在門外輕輕敲門，走進來的，看樣像個中國人，他的長靴染了濕淋的露水，從口袋取出手巾，擺出泰然的樣子坐在炕沿慢慢擦他的靴子，訪問就在這時開始：

"你家昨夜沒有人來過？不要緊。你要説實話。"

趙三剛起來，意識有點不清，不曉得這是甚麼事情發生。於是那個憲兵把手中的帽子用力抖了一下，不是柔和而不在意的態度了："混蛋！你怎麼不知道？等帶去你就知道了！"

説了這樣話並沒帶他去。王婆一面在扣衣鈕一面搶説：

"問的是甚麼人？昨夜來過幾個'老總'，搜查沒有甚麼就走了！"

那個軍官樣的把態度完全是對着王婆，用一種親昵的聲音問：

"老太太請告訴吧！有賞哩！"

王婆的樣子仍是沒有改變。那人又說："我們是捉鬍子，有鬍子鄉民也是同樣受害，你沒見着昨天汽車來到村子宣傳'王道'嗎？'王道'叫人誠實。老太太說了吧！有賞呢？"

王婆面對着窗子照上來的紅日影，她說：

"我不知道這回事。"

那個軍官又想大叫，可是停住了，他的嘴唇困難的又動幾下：

"'滿洲國'要把害民的鬍子掃清，知道鬍子不去報告，查出來槍斃！"這時那個長靴人用斜眼神侮辱趙三一下。接着他再不說甚麼，等待答覆，終於他甚麼也沒得到答覆。

還不到中午，亂墳崗子多了三個死屍，其中一個是女屍。

人們都知道那個女屍，就是北村一個寡婦家出的那個"女學生"。

趙三聽得別人說"女學生"是甚麼"黨"。但是他不曉得甚麼"黨"做甚麼解釋。當夜在喝酒以後把這一切告訴了王婆，他也不知道那"女學生"倒有甚麼密事，到底為甚麼才死？他只感到不許傳說的事情神秘，他也必定要說。

王婆她十分不願意聽，因為這件事發生，她擔心她的女兒，她怕是女兒的命運和那個"女學生"一般樣。

趙三的鬍子白了！也更稀疏，喝過酒，臉更是發紅，他任意把自己攤散在炕角。

平兒擔了大捆的綠草回來，曬乾可以成柴，在院心他把綠草鋪平。進屋他不立刻吃飯，透汗的短衫脫在身邊，他好像憤怒似的，用力來抬響他多肉的肩頭，嘴裏長長的吐着呼吸。過了長時間爹爹說：

"你們年青人應該有些膽量。這不是叫人死嗎？亡國了！麥地不能種了，雞犬也要死淨。"老頭子說話像吵架一般。王婆給平兒縫汗衫上的大口，她感動了，想到亡國，把汗衫縫錯了！她把兩個袖口完全縫住。

趙三和一個老牛般樣，年青時的氣力全都消滅，只回想"鐮刀會"，又告訴平兒：

"那時候你還小着哩！我和李青山他們弄了個'鐮刀會'。勇得很！可是我受了打擊，那一次使我碰壁了，你娘去借隻洋炮來，誰知道沒有用洋炮，就是一條棍子出了人命，從那時起就倒霉了！一年不如一年活到如今。"

"狗，到底不是狼，你爹從出事以後，對'鐮刀會'就沒趣了！青牛就是那年賣的。"

她這樣搶白着，使趙三感到羞恥和憤恨。同時自己為甚麼當時就那樣卑小？心臟發燃了一刻，他說着使自己滿意的話。

"這下子東家也不東家了！有日本子，東家也不好幹甚麼！"

他為輕鬆充血的身子，他向樹林那面去散步，那兒有樹林，林梢在青色的天邊塗出美調的和舒捲着的雲一般的弧線。青的天幕在前面直垂下來，曲捲的樹梢花邊般地嵌上天幕。田間往日的蝶兒在飛，一切野花還不曾開。小草房一座一座的攤落着，有的留下殘牆在曬陽光，有的也許是被炸彈帶走了屋蓋。房身整整齊齊地擺在那裏。

趙三闊大開胸膛，他呼吸田間透明的空氣。他不願意走了，停腳在一片荒蕪的、過去的麥地旁。就這樣不多一時，他又感到煩惱，因為他想起往日自己的麥田而今喪盡在炮火下，在日本兵的足下必定不能夠再長起來，他帶着麥田的憂傷又走過一片瓜田，瓜地也不見了種瓜的人，瓜田盡被一些蒿草充塞。去年看守瓜地小房，依然存在；趙三倒在小房下的短草梢頭。他欲睡了！朦朧中看見一些"高麗"人從大樹林穿過。視線從地平面直發過去，那一些"高麗"人彷彿是走在天邊。

假如沒有亂插在地面的家屋，那麼趙三覺得自己是躺在天邊了！

陽光迷住他的眼睛，使他不能再遠看了！聽得見村狗在遠方無聊的吠叫。

如此荒涼的曠野，野狗也不到這裏巡行。獨有酒燒胸膛的趙三到這裏巡行，但是他無有目的，任意足尖踏到甚麼地點，走過無數禿田，他覺得過於可惜，點一點頭，擺一擺手，不住的歎着氣走回家去。

村中的寡婦多起來，前面是三個寡婦，其中一個尚拉着她的孩子走。

紅臉的老趙三走近家門又轉彎了！他是那樣信步而無主地走！憂傷在前面招示他，忽然間一個大凹洞，踏下腳去。他未曾注意這個，好像他一心要完成長途似的，繼續前進。那裏更有炸彈的洞穴，但不能阻礙他的去路，因為喝酒，壯年的血氣鼓動他。

　　在一間房子裏，一隻母貓正在哺乳一群小貓。他不願看這些，他還走，沒有一個熟人與他遇見。直到天西燒紅着雲彩，他滴血的心，垂淚的眼睛竟來到死去的年青時夥伴們的墳上，不帶酒祭奠他們，只是無話坐在朋友們之前。

　　亡國後的老趙三，驀然念起那些死去的英勇的夥伴！留下活着的老的，只有悲憤而不能走險了，老趙三不能走險了！

第八章　革 命

　　那是個繁星的夜，李青山發着瘋了！他的啞喉嚨，使他講話帶着神秘而緊張的聲色。這是一次他們大型的集會。在趙三家裏，他們像在舉行甚麼盛大的典禮，莊嚴而靜肅。人們感到缺乏空氣一般，人們連鼻子也沒有一個作響。屋子不燃燈，人們的眼睛和夜裏的貓眼一般，閃閃有磷光而發綠。

　　王婆的尖腳，不住的踏在窗外，她安靜的手下提了一隻破洋燈罩，她時時準備着把玻璃燈罩摔碎。她是個守夜的老鼠，時時防備貓來。她到籬笆外繞走一趟，站在籬笆外聽一聽他們的談論高低，有沒有危險性？手中的燈罩她時刻不能忘記。

　　屋中李青山固執而且濁重的聲音繼續下去：

　　"在這半月裏，我才真知道人民革命軍真是不行，要幹人民革命軍那就必得倒霉，他們盡是些'洋學生'，上馬還得用人抬上去。他們嘴裏就會狂喊'退卻'。二十八日那夜外面下小雨，我們十個同志正吃飯，飯碗被炸碎了哩！派兩個出去尋炸彈的來路。大家來想一想，兩個'洋學生'跑出去，唉！喪氣，被敵人追着連帽子都跑丟了，'學生'們常常給敵人打死。……"

　　羅圈腿插嘴了："革命軍還不如紅鬍子有用？"

　　月光照進窗來太暗了！當時沒有人能發現羅圈腿

生
死
場

革
命

發問時是個甚麼奇怪的神情。

李青山又在開始：

"革命軍紀律可真厲害，你們懂嗎？甚麼叫紀律？那就是規矩。規矩太緊，我們也受不了。比方吧：屯子裏年輕輕的姑娘望着不准去……哈哈！我吃了一回苦，同志打了我十下槍柄哩！"

他說到這裏，自己停下笑起來，但是沒敢大聲。他繼續下去。

二里半對於這些事情始終是缺乏興致，他在一邊瞌睡，老趙三用他的煙袋撞一下在睡的缺乏政治思想的二里半，並且趙三大不滿意起來：

"聽着呀！聽着，這是甚麼年頭還睡覺？"

王婆的尖腳亂踏着地面作響一陣，人們聽一聽，沒聽到燈罩的響聲，知道日本兵沒有來，同時人民感到嚴重的氣氛。李青山的計劃莊重着發表。

李青山是個農人，尚分不清該怎樣把事弄起來，只說着：

"屯子裏的小伙子招集，起來救國吧！革命軍那一群'學生'是不行。只有紅鬍子才有膽量。"

老趙三他的煙袋沒有燃着，丟在炕上，急快的拍一下手，他說：

"對！招集小伙子們，起名也叫革命軍。"

其實趙三完全不能明白，因為他還不曾聽說甚麼叫做革命軍，他無由得到安慰，他的大手掌快樂的不停的撈着鬍子。對於趙三這完全和十年前組織"鐮刀會"同樣興致，也是暗室，也是靜悄悄的講話。

老趙三快樂得終夜不能睡覺，大手掌翻了個終夜。

同時站在二里半的牆外可以數清他鼾聲的拍子。

鄉間，日本人的毒手努力毒化農民，就説要恢復"大清國"，要做"忠臣"，"孝子"，"節婦"；可是另一方面，正相反的勢力也增長着。

天一黑下來就有人越牆藏在王婆家中，那個黑鬍子的人每夜來，成為王婆的熟人。在王婆家吃夜飯，那人向她説：

"你的女兒能幹得很，背着步槍爬山爬得快呢！可是……已經……"

平兒蹲在炕下，他吸爹爹的煙袋。輕微的一點忌妒橫過心面。他有意弄響煙袋在門扇上，他走出去了。外面是陰沉全黑的夜，他在黑色中消滅了自己。等他憂悒着轉回來時，王婆已是在垂淚的境況。

那夜老趙三回來得很晚，那是因為他逢人便講亡國，救國，義勇軍，革命軍，……這一些出奇的字眼，所以弄得回來這樣晚。快雞叫的時候了！趙三的家沒有雞，全村聽不見往日的雞鳴。只有褪色的月光在窗上，"三星"不見了，知道天快明了。

他把兒子從夢中喚醒，他告訴他得意的宣傳工作：東村那個寡婦怎樣把孩子送回娘家預備去投義勇軍。小伙子們怎樣準備集合。老頭子好像已在衙門裏做了官員一樣，搖搖擺擺着他講話時的姿勢，搖搖擺擺着他自己的心情，他整個的靈魂在闊步！

稍微沉靜一刻，他問平兒：

"那個人來了沒有？那個黑鬍子的人？"

平兒仍回到睡中，爹爹正鼓動着生力，他卻睡了！爹爹的話在他耳邊，像蚊蟲嗡叫一般的無意義、趙三立刻動怒起來，他覺得他光榮的事業，不能有人承受下去，感到養了這樣的兒子沒用，他失望。

王婆一點聲息也不作出，像是在睡般地。

明朝，黑鬍子的人，忽然走來，王婆又問他：

"那孩子死的時候，你到底是親眼看見她沒有？"

他弄着騙術一般：

"老太太你怎麼還不明白？不是老早對你講麼？死了就死了吧！革命就不怕死，那是露臉的死啊……比當日本狗的奴隸活着強得多哪！"

王婆常常聽他們這一類人說"死"說"活"……她也想死是應該，於是安靜下去，用她昨夜為着淚水所侵蝕的眼睛觀察那熟人急轉的面孔。終於她接受了！那人從囊中取出來的所有小本子，和像黑點一般的小字充滿在上面的零散的紙張，她全接受了！另外還有發亮的小槍一隻也遞給王婆。那個人急忙着要走，這時王婆又不自禁問：

"她也是槍打死的嗎？"

那人開門急走出去了！因為急走，那人沒有注意到王婆。

王婆往日裏，她不知恐怖，常常把那一些別人帶來的小本子放在廚房裏。有時她竟丟在蓆子下面。今天她卻減少了膽量，她想那些東西若被搜查着，日本兵的刺刀會刺通了自己。她好像覺着自己的遭遇要和女兒一樣似的，尤其是手掌裏的小槍。她被恫嚇着慢慢顫慄起來。女兒也一定被同樣的槍殺死。她終止了想，她知道當前的事開始緊急。

趙三倉惶着臉回來，王婆沒有理他走向後面柴堆那兒。柴草不似每年，那是燃空了！在一片平地上稀疏的生着馬蛇菜。她開始掘地洞；聽村狗在狂咬，她有些心慌意亂，把鐮刀頭插進土去無力拔出。她好像要倒落一般，全身受着甚麼壓迫要把肉體解散了一般。過了一刻難忍昏迷的時間，她跑去呼喚她的老同伴。可是當走到房門又急轉回來，她想起別人的訓告：

——重要的事情誰也不能告訴，兩口子也不能告訴。

那個黑鬍子的人，向她說過的話也使她回想了一遍：

——你不要叫趙三知道，那老頭子說不定和孩子似的。

等她埋好之後，日本兵繼續來過十幾遍。多半只戴了銅帽，連長靴都沒穿就來了！人們知道他們又是在弄女人。

王婆甚麼觀察力也失去了！不自覺地退縮在趙三的身後，就連那永久帶着笑臉，常來王婆家搜查的日本官長，她也不認識了。臨走時那人向王婆說"再見"，她直直遲疑着而不回答一聲。

"拔"——"拔"，就是出發的意思，老婆們給男人在搜集衣裳或是鞋襪。

李青山派人到每家去尋個公雞，沒得尋到，有人提議把二里半的老山羊殺了吧！山羊正走在李青山的門前，或者是歇涼，或者是牠走不動了！牠的一隻獨角塞進籬牆的縫隙，小伙子們去抬牠，但是無法把獨角弄出。

二里半從門口經過，山羊就跟在後面回家去了！二里半說：

"你們要殺就殺吧！早晚還不是給日本子留着嗎！"

李二嫂子在一邊說：

"日本子可不要牠，老得不成樣。"

二里半說："日本子不要牠，老也老死了！"

人們宣誓的日子到了！沒有尋到公雞，決定拿老山羊來代替。小伙子們把山羊抬着，在杆上四腳倒掛下去，山羊不住哀叫。二里半可笑的悲哀的形色跟着山羊走來，他的跌腳彷彿是一步一步把地面踏陷。波浪狀的行走，愈走愈快！他的老婆瘋狂的想把他拖回去，然而不能做到，二里半惶惶的走了一路。山羊被抬過一個山腰的小曲道。山羊被升上院心鋪好紅布的方桌。

東村的寡婦也來了！她在桌前跪下禱告一陣，又到桌前點着兩隻紅蠟燭，蠟燭一點着，二里半知道快要殺羊了。

院心除了老趙三，那盡是一些年青小伙子在走、轉。他們袒胸露背，強壯而且兇橫。

趙三總是向那個東村的寡婦說，他一看見她便宣傳她。他一遇見事情，就不像往日那樣貪婪吸他的煙袋。說話表示出莊嚴，連鬍子也動盪一下：

"救國的日子就要來到。有血氣的人不肯當亡國奴，甘願做日本刺刀下的屈死鬼。"

趙三只知道自己是中國人。無論別人對他講解了多少遍，他總不能明白他在中國人中是站在怎樣的階級。雖然這樣，老趙三也是非常進步，他可以代表整個村人在進步着，那就是他從前不曉得甚麼叫國家，從前也許忘掉了自己是那國的國民！

他不開言了！靜站在院心，等待宏壯悲憤的典禮來臨。

來到三十多人，帶來重壓的大會，可真的觸到趙三了！使他的鬍子也感到非常重要而不可搓碰一下。

四月裏晴朗的天空從山脊流照下來，房周的大樹群在正午垂曲的立在太陽下。暢明的天光與人們共同宣誓。

寡婦們和亡家的獨身漢在李青山喊過口號之後，完全用膝曲倒在天光之下。羊的脊背流過天光，桌前的大紅蠟燭在沉默的人頭前面燃燒。李青山的大個子直立在桌前："弟兄們！今天是甚麼日子！知道嗎？今天……我們去敢死……決定了……就是把我們的腦袋掛滿了整個村子所有的樹梢也情願，是不是啊？……是不是……？弟兄們……？"

回聲先從寡婦們傳出："是呀！千刀萬剮也願意！"

哭聲刺心一般痛，哭聲方錐一般落進每個人的胸膛。一陣強烈的悲酸掠過低垂的人頭，蒼蒼然藍天卻墜了！

老趙三立到桌子前面，他不發聲，先流淚：

"國……國亡了！我……我也……老了！你們還年青，你們去救國吧！我這把老骨頭再……再也不中用了！我是個老亡國奴，我不會眼見你們把日本的旗撕碎，等着我埋在墳裏……也要把中國旗子插在墳頭，我是中國人……我要中國旗子，我不要當亡國奴，生是中國人，死是中國鬼……不……不是亡……亡國奴……"

濃重不可分解的悲酸，使樹葉垂頭。趙三在紅蠟燭前用力鼓了桌子兩下，人們一起哭向蒼天了！人們一起向蒼天哭泣。大群的人起着號啕！

就是這樣把一隻匣槍裝好子彈擺在眾人前面。每人走到那槍口就跪倒下去"盟誓"：

"若是心不誠，天殺我，槍殺我，槍子是有靈有聖有眼睛的啊！"

寡婦們也是盟誓。也是把槍口對準心窩説話。只有二里半在人們宣誓之後快要殺羊時他才回來。從甚麼地方他捉一隻公雞來！只有他沒曾宣誓，對於國亡，他似乎沒有甚麼傷心，他領着山羊，就回家去。別人的眼睛，尤其是老趙三的眼睛在罵他：

"你個老跛腳的東西，你，你不想活嗎？……"

第九章　進　城

　　臨行的前夜，金枝在水缸沿上磨剪刀，而後用剪刀撕破死去孩子的尿布。年青的寡婦是住在媽媽家裏。

　　"你明天一定走嗎？"

　　睡在身邊的媽媽被燈光照醒，帶着無限憐惜，在已決定的命運中求得安慰似的。

　　"我不走，過兩天再走。"金枝答她。

　　又過了不多時候老太太醒來，她再不能睡，當她看見女兒不在身邊而在地心洗滌甚麼的時候，她坐起來問着：

　　"你是明天走嗎？再住三兩天不能夠吧！"

　　金枝在夜裏收拾東西，母親知道她是要走。金枝說：

　　"娘，我走兩天，就回來，娘……不要着急！"

　　老太太像在摸索甚麼，不再發聲音。

　　太陽很高很高了，金枝尚偎在病母親的身邊，母親說：

　　"要走嗎？金枝！走就走吧！去賺些錢吧！娘不阻礙你。"母親的聲音有些慘然：

　　"可是要學好，不許跟別人學，不許和男人打交道。"

　　女人們再也不怨恨丈夫。她向娘哭着：

　　"這不都是小日本子嗎？挨千刀的小日本子！不走

等死嗎？"

金枝聽老人講，女人獨行路要扮個老相，或醜相，束上一條腰帶，她把油罐子掛在身邊，盛米的小桶也掛在腰帶上，包着針線和一些碎布的小包袱塞進米桶去，裝做討飯的老婆，用灰塵把臉塗得很髒並有條紋。

臨走時媽媽把自己耳上的銀環摘下，並且說：

"你把這個帶去吧！放在包袱裏，別叫人給你搶去，娘一個錢也沒有，若肚餓時，你就去賣掉，買個乾糧吃吧！"走出門去還聽母親說："遇見日本子，你快伏在蒿子下。"

金枝走得很遠，走下斜坡，但是娘的話仍是那樣在耳邊反覆："買個乾糧吃。"她心中亂亂的幻想，她不知走了多遠，她像從家向外逃跑一般，速步而不回頭。小道也盡生着短草，即便是短草也障礙金枝趕路的腳。

日本兵坐着馬車，口裏吸煙，從大道跑過。金枝有點顫抖了！她想起母親的話，很快躺在道旁的蒿子裏。日本兵走過，她心跳着站起，她四面惶惶在望：母親在哪裏？家鄉離開她很遠，前面又來到一個生疏的村子，使她感覺到走過無數人間。

紅日快要落過天邊去，人影橫倒地面竿子一般瘦長。踏過去一條小河橋，再沒有多少路途了！

哈爾濱城渺茫中有工廠的煙囪插入雲天。

金枝在河邊喝水，她回頭望向家鄉，家鄉遙遠而不可見。只是高高的山頭，山下分辨不清是煙是樹，母親就在煙樹蔭中。

她對於家鄉的山是那般難捨，心臟在胸中飛起了！金枝感到自己的心已被摘掉不知拋向何處！她不願走了，強行走過河橋又轉入小道。前面哈爾濱城在招示她，背後家山向她送別。

小道不生蒿草，日本兵來時，讓她躲身到地縫中去嗎？她四面尋找，為了心臟不能平衡，臉面過量的流汗，她終於被日本兵尋到。

"你的……站住。"

金枝好比中了槍彈，滾下小溝去，日本兵走近，看一看她髒汗的樣子。他們和肥鴨一般，嘴裏發響動着身子，沒有理她走過去了！他們走了許久許久，她仍沒起來，以後她哭着，木桶揚翻在那裏，小包袱從木桶滾出。她重新走起時，身影在地面越瘦越長起來，和細線似的。

金枝在夜的哈爾濱，睡在一條小街陰溝板上。那條街是小工人和東洋車夫們的街道。有小飯館，有最下等的妓女，妓女們的大紅褲時時在小土房的門前出現。閒散的人，做出特別姿態，慢慢和大紅褲們說笑，後來走進小房去，過一會又走出來。但沒有一個人理會破亂的金枝，她好像一個垃圾桶，好像一個病狗似的堆偎在那裏。

這條街連警察也沒有，討飯的老婆和小飯館的夥計吵架。

滿天星火，但那都疏遠了！那是與金枝絕緣的物體。半夜過後金枝身邊來了一條小狗，也許小狗是個受難的小狗？這流浪的狗牠進木桶去睡。金枝醒來仍沒出太陽，天空許多星充塞着。

許多街頭流浪人，尚擠在飯館門前，等候着最後的施捨。

金枝腿骨斷了一般酸痛，不敢站起。最後她也擠進要飯人堆去，等了好久，夥計不見送飯出來，四月裏露天睡宿打着心的寒顫，別人看她的時候，她覺得這個樣子難看，忍了餓又來在原處。

夜的街頭，這是怎樣的人間？金枝小聲喊着娘，身體在陰溝板上不住的抽拍。絕望着，哭着，但是她和木桶裏在睡的小狗一般同樣不被人注意，人間好像沒有他們存在。天明，她不覺得餓，只是空虛，她的頭腦空空盡盡了！在街樹下，一個縫補的婆子，她遇見對面去問：

"我是新來了，新從鄉下來的……"

看她作窘的樣子那個縫婆沒理她，面色在清涼的早晨發着淡白走去。

捲尾的小狗偎依着木桶好像偎依媽媽一般，早晨小狗大約感到太寒。

小飯館漸漸有人來往。一堆白熱的饅頭從窗口堆出。

"老嬸娘，我新從鄉下來，……我跟你去，去賺幾個錢吧！"

第二次，金枝成功了，那個婆子領她走，一些攪擾的街道，發出濁氣的街道，她們走過。金枝好像才明白，這裏不是鄉間了，這裏只是生疏、隔膜、無情感。一路除了飯館門前的雞、魚和香味，其餘她都沒

有看見似的，都沒有聽聞似的。

"你就這樣把襪子縫起來。"

在一個掛金牌的"鴉片專賣所"的門前，金枝打開小包，用剪刀剪了塊布角，縫補不認識的男人的破襪。那婆子又在教她：

"你要快縫，不管好壞，縫住，就算。"

金枝一點力量也沒有，好像願意趕快死似的，無論怎樣努力眼睛也不能張開。一部汽車擦着她的身邊駛過，跟着警察來了，指揮她說：

"到那邊去！這裏也是你們縫窮的地方？"

金枝忙仰頭說："老總，我剛從鄉下來，還不懂得規矩。"

在鄉下叫慣了老總，她叫警察也是老總，因為她看警察也是莊嚴的樣子，也是腰間佩槍。別人都笑她，那個警察也笑了。老縫婆又教說她：

"不要理他，也不必說話，他說你，你躲後一步就完。"

她，金枝立刻覺得自己發傻，看一看自己的衣裳也不和別人同樣，她立刻討厭從鄉下帶來的破罐子，用腳踢了罐子一下。

襪子補完，肚子空虛的滋味不見終止，假若得法，她要到無論甚麼地方去偷一點東西吃，很長時間她停住針，細看那個立在街頭吃餅乾的孩子，一直到孩子把餅乾的最末一塊送進嘴去，她仍在看。

"你快縫，縫完吃午飯，……可是你吃了早飯沒有？"

金枝感到過於親熱，好像要哭出來似的，她想說：

"從昨天就沒吃一點東西，連水也沒喝過。"

中午來到，她們和從"鴉片館"出來遊魂似的人們同行着。女工店有一種特別不流通的氣息，使金枝想到這又不是鄉村，但是那一些停滯的眼睛，黃色臉，直到吃過飯，大家用水盆洗臉時她才注意到，全屋五丈多長，沒有隔壁，牆的四周塗滿了臭蟲血，滿牆拖長着黑色紫色的血點。一些污穢發酵的包袱圍牆堆集着。這些多樣的女人，好像每個患着病似的，就在包袱上枕了頭講話。

"我那家的太太，待我不錯，吃飯都是一樣吃，哪怕吃包子我也一樣吃包子。"

別人跟住聲音去羨慕她。過了一陣又是誰說她被公館裏的聽差扭一下嘴巴。她說她氣病了一場，接着還是不斷的亂說。這一些煩煩亂亂的話金枝尚不能聽明白，她正在細想甚麼叫公館呢？甚麼是太太？她用遍了思想而後問一個身邊在吸煙的剪髮的婦人：

"'太太'不就是老太太嗎？"

那個婦人沒答她，丟下煙袋就去嘔吐。她說吃飯吃了蒼蠅。可是全屋通長的板炕，那一些城市的女人她們笑得使金枝生厭，她們是前仆後折的笑。她們為笑着這個鄉下女人彼此興奮得拍響着肩膀，笑得甚的竟流起眼淚來。金枝卻靜靜坐在一邊。等夜晚睡覺時，她向初識那個老太太說：

"我看哈爾濱倒不如鄉下好，鄉下姐妹很和氣，你看午間她們笑我拍着掌哩！"

說着她捲緊一點包袱，因為包袱裏面藏着賺得的兩角錢紙票，金枝枕了包袱，在都市裏的臭蟲堆中開始睡覺。

金枝賺錢賺得很多了！在褲腰間縫了一個小口袋，把兩元錢的票子放進去，而後縫住袋口。女工店向她收費用時她同那人説：

"晚幾天給不行嗎？我還沒賺到錢。"她無法又説：

"晚上給吧！我是新從鄉下來的。"

終於那個人不走，她用手擺在金枝眼下。女人們也越集越多，把金枝圍起來。她好像在耍把戲一般招來這許多觀眾，其中有一個三十多歲的胖子，頭髮完全脱掉，粉紅色閃光的頭皮，獨超出人前，她的脖子裝好顫絲一般，使閃光的頭顯輕便而隨意的在轉，在顫，她就向金枝説：

"你快給人家！怎麼你沒有錢？你把錢放在甚麼地方我都知道。"

金枝生氣，當着大眾把口袋撕開，她的票子四分之三覺得是損失了！被人奪走了！她只剩五角錢。她想：

"五角錢怎樣送給媽媽？兩元要多少日子再賺得？"

她到街上去上工很晚。晚間一些臭蟲被打破，發出襲人的臭味，金枝坐起來全身搔癢，直到搔出血來為止。

樓上她聽着兩個女人罵架，後來又聽見女人哭，孩子也哭。

母親病好了沒有？母親自己拾柴燒嗎？下雨房子流水嗎？漸漸想得惡化起來：她若死了不就是自己死在炕上無人知道嗎？

金枝正在走路，腳踏車響着鈴子駛過她，立刻心臟膨脹起來，好像汽車要軋上身體，她終止一切幻想了。

金枝知道怎樣賺錢，她去過幾次獨身漢的房舍，她替人縫被，男人們問她：

"你丈夫多大歲數咧？"

"死啦！"

"你多大歲數？"

"二十七。"

一個男人拖着拖鞋，散着褲口，用他奇怪的眼睛向金枝掃了一下，奇怪的嘴唇跳動着：

"年青青的小寡婦哩！"

她不懂在意這個，縫完，帶了錢走了。有一次走出門時有人喊她：

"你回來……你回來。"

給人以奇怪感覺的急切的呼叫，金枝也懂得應該快走，不該回頭。晚間睡下時，她向身邊的周大娘說：

"為甚麼縫完，拿錢走時他們叫我？"

周大娘說："你拿人家多少錢？"

"縫一個被子，給我五角錢。"

"怪不得他們叫你！不然為甚麼給你那麼多錢？普通一張被兩角。"

周大娘在倦乏之中只告訴她一句。

"縫窮婆誰也逃不了他們的手。"

那個全禿的亮頭皮的婦人在對面的長炕上類似尖巧的呼叫，她一面走到金枝頭頂，好像要去抽拔金枝的頭髮。弄着她的胖手指：

"唉呀！我說小寡婦，你的好運氣來了！那是又來財又開心。"

別人被吵醒開始罵那個禿頭：

"你該死的，有本領的野獸，一百個男人也不怕，一百個男人你也不夠。"

女人罵着彼此在交談，有人在大笑，不知誰在一邊重複了好幾遍：

"還怕！一百個男人還不夠哩！"

好像鬧着的蜂群靜了下去，女人們一點嗡聲也停住了，她們全體到夢中去。

"還怕！一百個男人還不夠哩！"不知道，她的聲音沒有人接受，空洞的在屋中走了一周，最後聲音消滅在白月的窗紙上。

金枝站在一家俄國點心舖的紗窗外。裏面格子上各式各樣的油黃色的點心，腸子、豬腿、小雞，這些吃的東西，在那裏發出油亮。最後她發現一個整個的肥胖小豬，豎起耳朵伏在一個長盤裏。小豬四周擺了一些小白菜和紅辣椒。她要立刻上去連盤子都抱住，抱回家去快給母親看。不能那樣做，她又恨小日本子，若不是小日本子攪鬧鄉村，自家的母豬不是早生了小豬嗎？"布包"在肘間漸漸脫落，她不自覺的在舖門前站不安定，行人道上人多起來，她碰撞着行人。

一個漂亮的俄國女人從點心舖出來，金枝連忙注意到她透孔的鞋子下面染紅的腳趾甲；女人走得很快，比男人還快，使她不能再看。

人行道上：克——克——的大聲，大隊的人經過，金枝一看見銅帽子就知道日本兵，日本兵使她離開點心舖快快跑走。

她遇到周大娘向她說：

"一點活計也沒有，我穿這一件短衫，再沒有替換的，連買幾尺布錢也攢不下，十天一交費用，那就是一塊五角。又老，眼睛又花，縫的也慢，從沒人領我到家裏去縫。一個月的飯錢還是欠着，我住得年頭多了！若是新來，那就非被趕出去不可。"她走一條橫道又說："新來的一個張婆，她有病都被趕走了。"

經過肉舖，金枝對肉舖也很留戀，她想買一斤肉回家也滿足。母親半年多沒嚐過肉味。

松花江，江水不住的流，早晨還沒有遊人，舟子在江沿無聊的彼此罵笑。

周大娘坐在江邊。悵然了一刻，接着擦着她的眼睛，眼淚是為着她末日的命運在流。江水輕輕拍着江岸。

金枝沒感動，因為她剛來到都市，她還不曉得都市。

金枝為着錢，為着生活，她小心的跟了一個獨身漢去到他的房舍。剛踏進門，金枝看見那張牀，就害怕，她不坐在牀沿，坐在椅子上先縫被褥。那個男人開始慢慢和她說話，每一句話使她心跳。可是沒有甚麼，金枝覺得那人很同情她。接着就縫一件夾衣的袖口，夾衣是從那個人身上立刻脫下的，等到袖口縫完時，那男人從腰帶間一個小口袋取出一元錢給她，那男人一面把錢送過去，一面用他短鬍子的嘴向金枝扭了一下，他説：

"寡婦有誰可憐你？"

金枝是鄉下女人，她還看不清那人是假意同情，她輕輕受了"可憐"字眼的感動，她心有些波蕩，停在門口，想説一句感謝的話，但是她不懂説甚麼，終於走了！她聽道旁大水壺的笛子在耳邊叫，麵包作坊門前取麵包的車子停在道邊，俄國老太太花紅的頭巾馳過她。

"噯！回來……你來，還有衣裳要縫。"

那個男人漲紅了脖子追在後面。等來到房中，沒有事可做，那個男人像猿猴一般，袒露出多毛的胸膛，去用厚手掌閂門去了！而後他開始解他的褲子，最後他叫金枝：

"快來呀……小寶貝。"他看一看金枝嚇住了，沒動："我叫你是縫褲子，你怕甚麼？"

縫完了，那人給她一元票，可是不把票子放到她的手裏，把票子摔到牀底，讓她彎腰去取，又當她取得票子時奪過來讓她再取一次。

金枝完全擺在男人懷中，她不是正音嘶叫："對不起娘呀！……對不起娘……"

她無助的嘶狂着，圓眼睛望一望鎖住的門不能自開，她不能逃走，事情必然要發生。

女工店吃過晚飯，金枝好像踏着淚痕行走，她的頭過分的迷昏，心臟落進污水溝中似的，她的腿骨軟了，鬆懈了，爬上炕取她的舊鞋，和一條手巾，她要回鄉，馬上躺到娘身上去哭。炕尾一個病婆，垂死時被店主趕走，她們停下那件事不去議論，金枝把她們的趣味都集中來。

"甚麼勾當？這樣着急？"第一個是周大娘問她。

"她一定進財！"第二個是禿頂胖子猜說。

周大娘也一定知道金枝賺到錢了，因為每個新來的第一次"賺錢"都是過分的羞恨。羞恨摧毀她，忽然患着傳染病一般。

"慣了就好了！那怕甚麼！弄錢是真的，我連金耳環都賺到手裏。"

禿胖子用好心勸她，並且手在扯着耳朵。別人罵她：

"不要臉，一天就是你不要臉！"

旁邊那些怒容看見金枝的痛苦，就是自己的痛苦，人們慢慢四散，去睡覺了，對於這件事情並不表示新奇和注意。

金枝勇敢的走進都市，羞恨又把她趕回了鄉村，在村頭的大樹上發現人頭。一種感覺通過骨髓麻寒她全身的皮膚，那是怎樣可怕，血浸的人頭！

母親拿着金枝的一元票子，她的牙齒在嘴裏埋沒不住，完全外露。她一面細看票子上的花紋，一面快樂有點不能自制的說：

"來家住一夜明日就走吧！"

金枝在炕沿捶酸痛的腿骨；母親不注意女兒為甚麼不歡喜，她只跟了一張票子想到另一張，在她想許多票子不都可以到手嗎？她必須鼓勵女兒。

"你應該洗洗衣裳收拾一下，明天一早必得要行路的，在村子裏是沒有出頭露面之日。"

為了心切她好像責備着女兒一般，簡直對於女兒沒熱情。

一扇窗子立刻打開，拿着槍的黑臉孔的人竟跳進來，踏了金枝的左腿一下。那個黑人向棚頂望了望，他熟悉的爬向棚頂去，王婆也跟着走來，她多日不見金枝而沒說一句話，宛如她甚麼也看不見似的。一直爬上棚頂去。金枝和母親甚麼也不曉得，只是爬上去。直到黃昏惡消息仍沒傳來，他們和爬蟲樣才從棚頂爬下。王婆說："哈爾濱一定比鄉下好，你再去就在那裏不要回來，村子裏日本子越來越惡，他們捉大肚女人，破開肚子去破'紅槍會'（義勇軍的一種），活顯顯的小孩子從肚皮流出來。為這事，李青山把兩個日本子的腦袋割下掛到樹上。"

金枝鼻子作出哼聲：

"從前恨男人，現在恨小日本子。"最後她轉到傷心的路上去："我恨中國人呢？除外我甚麼也不恨。"

王婆的學識有點不如金枝了！

第十章　告　別

　　開拔的隊伍在南山道轉彎時，孩子在母親懷中
向父親送別。行過大樹道，人們滑過河邊。他們的衣
裝和步伐看起來不像一個隊伍，但衣服下藏着猛壯的
心。這些心把他們帶走，他們的心銅一般凝結着出
發。最末一刻大山坡還未曾遮沒最後的一個人，一個
抱在媽媽懷中的小孩他呼叫"爹爹"。孩子的呼叫甚麼
也沒得到，父親連手臂也沒搖動一下，孩子好像把聲
響撞到了岩石。

　　女人們一進家屋，屋子好像空了；房屋好像修造
在天空，素白的陽光在窗上，卻不帶來一點意義。她
們不需要男人回來，只需要好消息。消息來時，是五
天過後，老趙三赤着他顯露筋骨的腳奔向李二嬸子去
告訴：

　　"聽説青山他們被打散啦！"顯然趙三是手足無
措，他的鬍子也震驚起來，似乎忙着要從他的嘴巴跳
下。

　　"真的有人回來了嗎？"

　　李二嬸的喉嚨變做細長的管道，使聲音出來做出
多角形。

　　"真的平兒回來啦。"趙三説。

　　嚴重的夜，從天上走下。日本兵團剿打魚村，白
旗屯，和三家子……

平兒正在王寡婦家，他休息在情婦的心懷中。外面狗叫，聽到日本人說話，平兒越牆逃走；他埋進一片蒿草中，蛤蟆在腳間跳。

"非拿住這小子不可，怕是他們和義勇軍接連。"

在蒿草中他聽清這是誰們在說："走狗們。"

平兒他聽清他的情婦被拷打：

"男人哪裏去啦？——快說，再不說槍斃！"

他們不住罵："你們這些母狗，豬養的。"

平兒完全赤身，他走了很遠。他去扯衣襟拭汗，衣襟沒有了，在腿上扒了一下，於是才發現自己的身影落在地面和光身的孩子一般。

二里半的麻婆子被殺，羅圈腿被殺，死了兩個人，村中安息兩天。第三天又是要死人的日子。日本兵滿村竄走，平兒到金枝家棚頂去過夜。金枝說：

"不行呀！棚頂方才也來小鬼子翻過。"

平兒於是在田間跑着，槍彈不住向他放射，平兒的眼睛不會轉彎，他聽有人近處叫："拿活的，拿活的。……"

他錯覺的聽到了一切，他遇見一扇門推進去，一個老頭在燒飯，平兒快流眼淚了：

"老伯伯，救命，把我藏起來吧！快救命吧！"

老頭子說："甚麼事？"

"日本子捉我。"

平兒鼻子流血，好像他說到日本子才流血。他向全屋四面張望，就像連一條縫也沒尋到似的，他轉身要跑，老人捉住，出了後門，盛糞的長形的籠子在門

旁，掀起糞籠，老人説：

"你就爬進去，輕輕喘氣。"

老人用粥飯塗上紙條把後門封起來，他到鍋邊吃飯。糞籠下的平兒聽見來人和老人講話，接着他便聽到有人在弄門閂，門就要開了，自己就要被捉了！他想要從籠子跳出來。但，很快那些人，那些魔鬼去了！

平兒從安全的糞籠出來，滿臉糞屑，白臉染着紅血條，鼻子仍然流血，他的樣子已經很可憐。

李青山這次他信任"革命軍"有用，逃回村來，他不同別人一樣帶回衰喪的樣子，他在王婆家説：

"革命軍所好是他不混亂幹事，他們有紀律，這回我算相信，紅鬍子算完蛋：自己紛爭，亂撞胡撞。"

這次聽眾很少，人們不相信青山。村人天生容易失望，每個人容易失望。每個人覺得完了！只有老趙三，他不失望，他説：

"那麼再組織起來去當革命軍吧！"

王婆覺得趙三説話和孩子一般可笑。但是她沒笑他。她對身邊坐着戴男人帽子的當過鬍子救國的女英雄説：

"死的就丟下，那麼受傷的怎麼樣了？"

"受微傷的不都回來了嗎！受重傷那就管不了，死就是啦！"

正這時北村一個老婆婆瘋了似的哭着跑來和李青山拚命。她捧住頭，像捧住一塊石頭般地投向牆壁，嘴中發出短句：

"李青山……仇人……我的兒子讓你領走去喪命。"

人們拉開她,她奮力掙扎,比一條瘋牛更有力:"就這樣不行,你把我給小日本子送去吧!我要死,……到應死的時候了!……"

她就這樣不住的捉她的頭髮,慢慢她倒下來,她換不上氣來,她輕輕拍着王婆的膝蓋:

"老姐姐,你也許知道我的心,十九歲守寡,守了幾十年,守這個兒子;……我那些挨餓的日子呀!我跟孩子到山坡去割毛草,大雨來了,雨從山坡把娘兒兩個拍滾下來,我的頭,在我想是碎了,誰知道?還沒死……早死早完事。"

她的眼淚一陣濕熱濕透王婆的膝蓋,她開始輕輕哭:

"你說我還守甚麼?……我死了吧!有日本子等着,菱花那丫頭也長不大,死了吧!"

果然死了,房樑上吊死的。三歲孩子菱花小脖頸和祖母並排懸着,高掛起正像兩條瘦魚。

死亡率在村中又在開始快速,但是人們不怎樣覺察,患着傳染病一般地全村又在昏迷中掙扎。

"愛國軍"從三家子經過,張着黃色旗,旗上有紅字"愛國軍"。人們有的跟着去了!他們不知道怎麼愛國,愛國又有甚麼用處,只是他們沒有飯吃啊!

李青山不去,他說那也是鬍子編成的。老趙三為着"愛國軍"和兒子吵架:

"我看你是應該去,在家裏若是傳出風聲去有人捉拿你。跟去混混,到最末就是殺死一個日本鬼子也上算，也出出氣。年青氣壯，出一口氣也是好的。"

老趙三一點見識也沒有，他這樣盲動的説話使兒子不佩服，平兒同爹爹講話總是把眼睛繞着圈子斜視一下，或是不調協的抖一兩下肩頭，這樣對待他，他非常不願意接受，有時老趙三自己想：

"老趙三怎不是個小趙三呢！"

金枝要做尼姑去。

尼姑庵紅磚房子就在山尾那端。她去開門沒能開，成群的麻雀在院心啄食，石階生滿綠色的苔蘚，她問一個鄰婦，鄰婦説：

"尼姑在事變以後，就不見，聽説跟造房子的木匠跑走的。"

從鐵門欄看進去，房子還未上好窗子，一些長短的木塊尚在院心，顯然可以看見正房裏，凄涼的小泥佛正坐着。

金枝看見那個女人肚子大起來，金枝告訴她説：

"這樣大的肚子你還敢出來？你沒聽説小日本子把大肚女人弄去破'紅槍會'嗎？日本子把大肚子割開，去帶着上陣，他們説紅槍會甚麼也不怕，就怕女人；日本子叫'紅槍會'做'鐵孩子'呢！"

那個女人立刻哭起來。

"我説不嫁出去，媽媽不許，她説日本子就要姑娘，看看，這回怎麼辦？孩子的爹爹走就沒見回來，他是去當'義勇軍'。"有人從廟後爬出來，金枝她們嚇着跑。

"你們見了鬼嗎？我是鬼嗎？……"

往日美麗的年青的小伙子，和死蛇一般爬回來。五姑姑出來看見自己的男人，她想到往日受傷的馬，五姑姑問他："'義勇軍'全散了嗎？"

"全散啦！全死啦！就連我也死啦！"他用一隻胳膊打着草梢掄回：

"養漢老婆，我弄得這樣子，你就一句親熱的話也沒有嗎？"

五姑姑垂下頭，和睡了的向日葵花一般。大肚子的女人回家去了！金枝又走向哪裏去？她想出家廟庵早已空了！

"'人民革命軍'在哪裏？"二里半突然問起趙三說。這使趙三想："二里半當了走狗吧？"他沒對他告訴。二里半又去問青山。青山説：

"你不要問，再等幾天跟着我走好了！"

二里半急迫着好像他就要跑到革命軍去。青山長聲告訴他：

"革命軍在磐石，你去得了嗎？我看你一點膽量也沒有，殺一隻羊都不能夠。"

接着他故意羞辱他似的：

"你的山羊還好啊？"

二里半為着生氣，他的白眼球立刻多過黑眼球，他的熱情立刻在心裏結成冰。

李青山不與他再多說一句，望向窗外天邊的樹，小聲搖着頭，他唱起小調來。二里半臨出門，青山的女人流汗在廚房向他說：

"李大叔，吃了飯走吧。"

青山看到二里半可憐的樣子，他笑說：

"回家做甚麼，老婆也沒有了，吃了飯再說吧！"

他自己沒有了家庭，他貪戀別人的家庭。當他拾起筷子時，很快一碗麥飯吃下去了，接連他又吃兩大碗，別人還不吃完，他已經在抽煙了！他一點湯也沒喝，只吃了飯就去抽煙。

"喝些湯，白菜湯很好。"

"不喝，老婆死了三天，三天沒吃乾飯哩！"二里半搖着頭說。

青山忙問："你的山羊吃了乾飯沒有？"

二里半吃飽飯，好像一切都有希望。他沒生氣，照例自己笑起來。他感到滿意離開青山家，在小道不斷的抽他的煙火，天色茫茫的並不引起他悲哀，蛤蟆在小河道一聲聲的哇叫。河邊的小樹隨了風在騷鬧，他踏着往日自己的菜田，他振動着往日的心波。菜田連根菜也不生長。

那邊的人家老太太和小孩們載起暮色來在田上匍匐。他們相遇在地端，二里半說：

"你們在掘地嗎？地下可有寶物？若有我也蹲下掘吧！"

一個很小的孩子發出脆聲："拾麥穗呀！"孩子似乎是快樂，老祖母在那邊已歎息了：

"有寶物？……我的老天爺？孩子餓得亂叫，領他們來拾幾粒麥穗，回家給他們做乾糧吃。"二里半把煙袋給老太太吸，她拿過煙袋，連擦都沒有擦，就放進嘴裏去。顯然她是熟習吸煙，並且十分需要。她把肩膀抬得高高，她緊合了眼睛，濃煙不住從嘴冒出，從鼻孔冒出。那樣很危險，好像她的鼻子快要着火。

"一個月也多了，沒得摸到煙袋。"

她像仍不願意捨棄煙袋，理智勉強了她。二里半接過去把煙袋在地面敲着。人間已是那般寂寞了！天邊的紅霞沒有鳥兒翻飛，人家的籬牆沒有狗兒吠叫。

老太太從腰間慢慢取出一個紙團，紙團慢慢在手下舒展開，而後摺平。

"你回家去看看吧！老婆、孩子都死了！誰能救你，你回家去看看吧！看看就明白啦！"

她指點那張紙，好似指點符咒似的。

天更黑了！黑得和帳幕緊逼住人臉。最小的孩子，走幾步，就抱住祖母的大腿，他不住的嚷着：

"奶奶，我的筐滿了，我提不動呀！"

祖母為他提筐，拉着他。那幾個大一些的孩子衛隊似的跑在前面。到家，祖母點燈看時，滿筐蒿草，蒿草從筐沿要流出來，而沒有麥穗，祖母打着孩子的頭笑了：

"這都是你拾的麥穗嗎？"祖母把笑臉轉換哀傷的臉，她想："孩子還不能認識麥穗，難為了孩子！"

五月節，雖然是夏天，卻像吹起秋風來。二里半熄了燈，兇壯着從屋簷出現，他提起切菜刀，在牆角，在羊棚，就是院外楊樹下，他也搜遍。他要使自己無牽無掛，好像非立刻殺死老羊不可。

這是二里半臨行的前夜。

老羊鳴叫着回來，鬍子間掛了野草，在欄棚處擦得欄柵響。二里半手中的刀，舉得比頭還高，他朝向欄杆走去。

菜刀飛出去，喳啦的砍倒了小樹。

老羊走過來，在他的腿間搔癢。二里半許久許久的摸撫羊頭，他十分羞愧，好像耶穌教徒一般向羊禱告。

清早他像對羊說話，在羊棚喃喃了一陣，關好羊欄，羊在欄中吃草。

五月節，晴朗的青空。老趙三看這不像個五月節樣：麥子沒長起來，嗅不到麥香，家家門前沒掛紙葫蘆。他想這一切是變了！變得這樣速！去年的五月節，清清朗朗的，就在眼前似的，孩子們不是捕蝴蝶嗎？他不是喝酒嗎？

他坐在門前一棵倒折的樹幹上，憑弔這已失去的一切。

李青山的身子經過他，他扮成"小工"模樣，赤足捲起褲口，他說給趙三：

"我走了！城裏有人候着，我就要去……"

青山沒提到五月節。

二里半遠遠跛腳奔來，他青色馬一樣的臉孔，好像帶着笑容。他說：

"你在這裏坐着，我看你快要，在這根木頭上，……"

二里半回頭看時，被關在欄中的老羊，居然隨在身後，立刻他的臉更拖長起來：

"這條老羊……替我養着吧！趙三哥！你活一天替我養一天吧！……"

二里半的手，在羊毛上惜別，他流淚的手，最後一刻摸着羊毛。

他快走，跟上前面李青山去。身後老羊不住哀叫，羊的鬍子慢慢在擺動……

二里半不健全的腿顛跌着顛跌着，遠了！模糊了！山崗和樹林，漸去漸遠。羊聲在遙遠處伴着老趙三茫然的嘶鳴。

趣味重溫（2）

一、你明白嗎？

1. 金枝進城以後，找了甚麼工作來維持生計（　　　），她們這類女工被稱為（　　　）。

2. 農民們在宣誓典禮前尋找公雞是為了（　　　）。

   a. 祭旗　　　　　　b. 占卜　　　　　　c. 加餐　　　　　　d. 歃血為盟

3. 鄉村的女子，從剛出生的嬰兒，到白髮的老婦人，她們時刻面臨着各種生的考驗和死的威脅，請將以下人物與她們的遭遇連接起來。

王婆	難產瀕危
金枝	服毒致殘
月英	被人姦污
小金枝	被父親摔死
五姑姑的姐姐	被日本人殺害
二里半的老婆	患病以及丈夫的虐待致死

二、想深一層

1. 為甚麼自從日本兵進駐村莊以後，許多田地都荒廢了？　　　（　　　）

   a. 戰爭炮火使田地沒有收成

   b. 日本兵侵佔農田不許耕種

   c. 人們害怕日本兵搶奪糧食

   d. 村裏的青壯年被捉去充軍了

2. 傳染病來的時候，為甚麼人們寧願孩子死掉也不讓洋鬼子打針治療
   呢？ （　　　）
   a. 他們只相信中醫
   b. 他們痛恨洋鬼子的侵略
   c. 他們不在乎孩子的生死
   d. 他們認為洋鬼子不懷好意

3. 日本兵在路上發現金枝時，為甚麼輕易地放過了她？ （　　　）
   a. 他們覺得金枝年紀大
   b. 他們嫌金枝滿身髒污
   c. 他們認為金枝太難看
   d. 他們正忙於執行軍務

4. 二里半向趙三詢問革命軍在哪裏，趙三為甚麼不告訴他？ （　　　）
   a. 趙三怕二里半會告密
   b. 趙三看不起二里半
   c. 趙三不想讓二里半涉險
   d. 趙三嫉妒二里半比他勇敢

5. 蕭紅善於通過對環境和細節的描寫來烘托氣氛、表現人物，試研讀以
   下片段，找出合適的詞語來形容這些情境。

   | 悲愴 | 恐慌 | 淒涼 | 得意 | 急切 | 死寂 | 肅穆 |

a. 深秋禿葉的樹，為了慘厲的風變，脫去了靈魂一般吹嘯着。馬行在前面，王婆隨在後面，一步一步屠場近着了；一步一步風聲送着老馬歸去。　　　　　　　　　　　　　　　（　　　）

b. 墳場是死的城廓，沒有花香，沒有蟲鳴，即使有花，即使有蟲，那都是唱奏着別離歌，陪伴着說不盡的死者永久的寂寞。

（　　　）

c. 太陽血一般昏紅；從朝至暮蚊蟲混同着朦霧充塞天空。高粱，玉米和一切菜類被人丟棄在田圃，每個家庭是病的家庭。是將絕滅的家庭。全村靜悄了。　　　　　　　　　　　　　（　　　）

d. 直到天西燒紅着雲彩，他滴血的心，垂淚的眼睛竟來到死去的年青時夥伴們的墳上，不帶酒祭奠他們，只是無話坐在朋友們之前。　　　　　　　　　　　　　　　　　（　　　）

e. 老頭子好像已在衙門裏做了官員一樣，搖搖擺擺着講話時的姿勢，搖搖擺擺着他自己的心情，他整個的靈魂在闊步！（　　　）

f. 忽然口哨傳來了！她站起來，一個柿子被踏碎，像是被踏碎的蛤蟆一樣，發出水聲。她跌倒了，口哨也跟着消滅了！以後無論她怎樣聽，口哨也不再響了。　　　　　　　　　（　　　）

三、延伸思考

1. 金枝"從前恨男人，現在恨小日本子，最後恨中國人"，她到底經歷了哪些慘痛的事情，以至從充滿憧憬到最後萬念俱灰？

2. 《生死場》和《呼蘭河傳》這兩部小說是蕭紅用來講述故鄉的人和土地的姊妹篇，但《生死場》是一幅沉重壓抑的圖畫，《呼蘭河傳》則是一首輕盈淒婉的歌謠。為甚麼題材相近的兩本書卻風格迥異？你更欣賞哪一種風格的作品呢？

參考答案

趣味重溫（1）

一、你明白嗎？
1. b、d
2. 鐮刀會、革命軍
3.

王婆	趕小馬拉石磙
趙三	尋找丟失的山羊
平兒	賣青牛賠償傷者
二里半	賣雞維持生計
金枝的母親	將老馬送進屠場

二、想深一層
1. a. 明喻　　　　b. 借代　　　　c. 暗喻
　 d. 擬人　　　　e. 擬物　　　　f. 誇張
2. d　　　　3. b　　　　4. c　　　　5. d
6. a. 她的臉是青白色的，她出嫁還不到四個月，就漸漸會詛咒丈夫，漸漸感到男人是炎涼的人類。
　 b. 繁重的勞動；貧困、爭吵導致夫妻感情惡化。
　 c. 男人和石塊一般硬，叫我不敢觸一觸他。
　 d. 婦女地位低下；生活的困苦使男人不再疼惜妻子。

三、延伸思考
（此部分不設答案，可自由回答）

趣味重溫（2）

一、你明白嗎？
1. 縫補衣物、縫窮婆
2. a
3.

王婆	難產瀕危
金枝	服毒致殘
月英	被人姦污
小金枝	被父親摔死
五姑姑的姐姐	被日本人殺害
二里半的老婆	患病以及丈夫的虐待致死

二、想深一層
1. a　　　　2. d　　　　3. b　　　　4. a
5. a. 淒涼　　　　b. 死寂　　　　c. 恐慌
　 d. 悲愴　　　　e. 得意　　　　f. 急切

三、延伸思考
（此部分不設答案，可自由回答）